ストライクウィッチーズ 劇場版

還りたい空《ばしょ》

原作：島田フミカネ＆Projekt Kagonish
著：南房秀久

角川スニーカー文庫

17334

STRIKE WITCHES
THE MOVIE
Shimada Humikane & Projekt Kagonish

CONTENTS

口絵イラスト：島田フミカネ
口絵イラスト：作画：山川宏治 仕上げ：舟山有香（スタジオ・イースター） 特効：益子典子
本文イラスト：飯沼俊規
Illustration : Humikane Shimada
design work : Toshimitsu Numa（D式 Graphics）

服部静夏

SHIZUKA HATTORI　NAME

所　　属：扶桑皇国
　　　　　海軍兵学校
階　　級：軍曹
身　　長：159cm
誕 生 日：8月18日
年　　齢：14歳
使用機材：紫電二一型
使用武器：―

宮藤芳佳

YOSHIKA MIYAFUJI　NAME

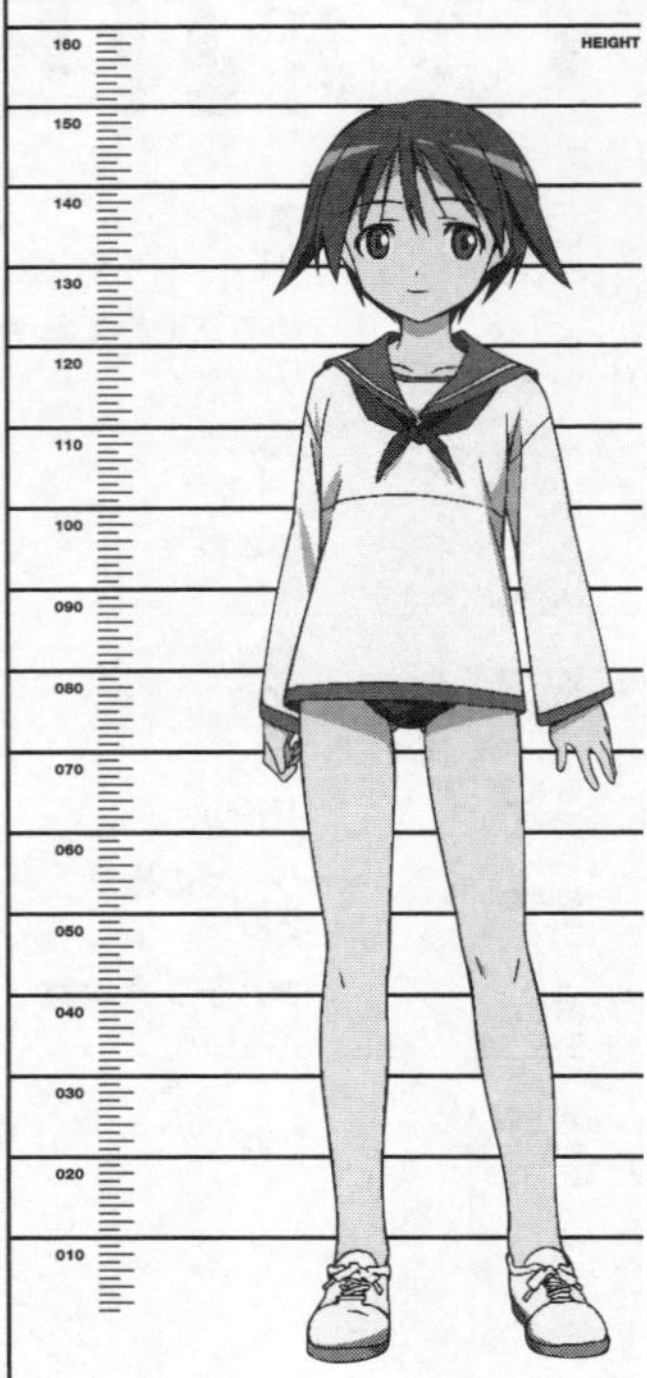

所　　属：―
階　　級：―
身　　長：150cm
誕 生 日：8月18日
年　　齢：16歳
使用機材：―
使用武器：―

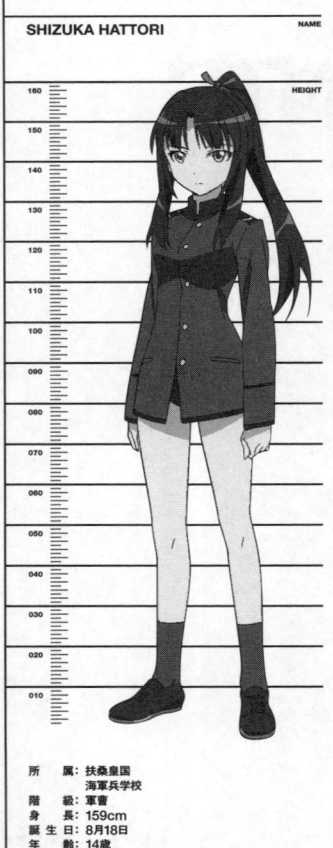

リネット・ビショップ

LYNETTE BISHOP　NAME

HEIGHT

所　　属：ブリタニア
　　　　　空軍610戦闘機中隊
階　　級：曹長
身　　長：156cm
誕 生 日：6月11日
年　　齢：16歳
使用機材：スピットファイアMk.22
使用武器：ボーイズMk1対装甲ライフル

坂本美緒

MIO SAKAMOTO　NAME

HEIGHT

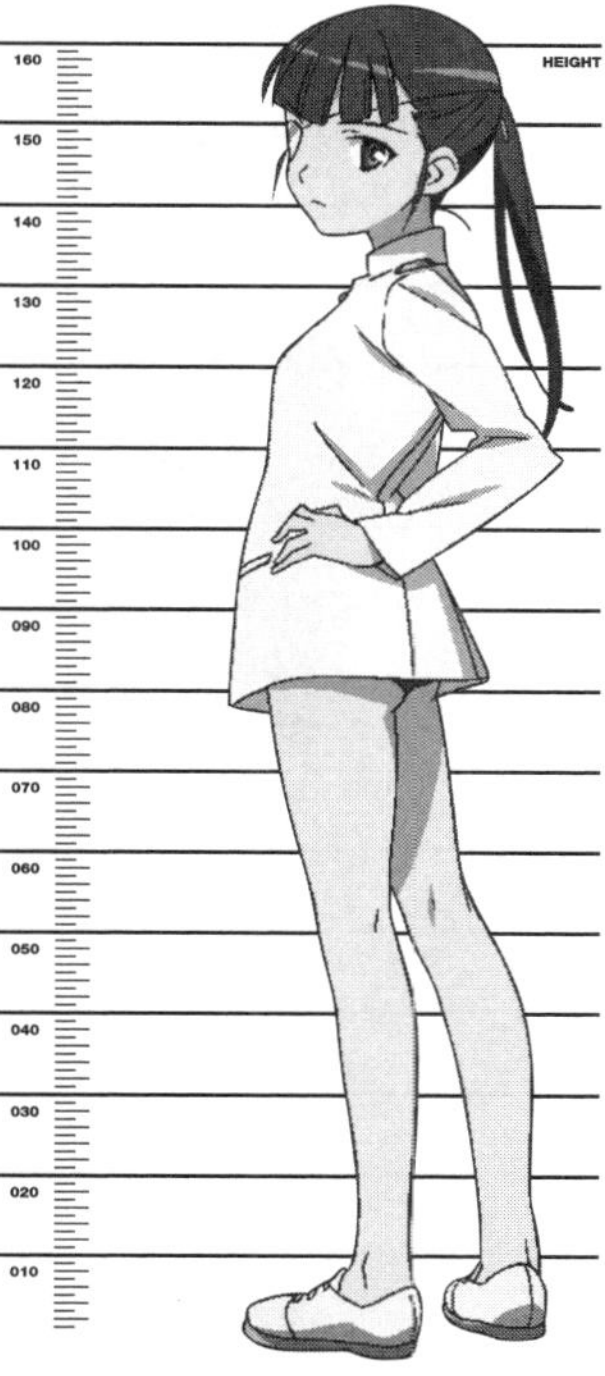

所　　属：—
階　　級：—
身　　長：165cm
誕 生 日：8月26日
年　　齢：21歳
使用機材：—
使用武器：—

ミーナ・ディートリンデ・ヴィルケ

MINNA-DIETLINDE WILCKE

NAME

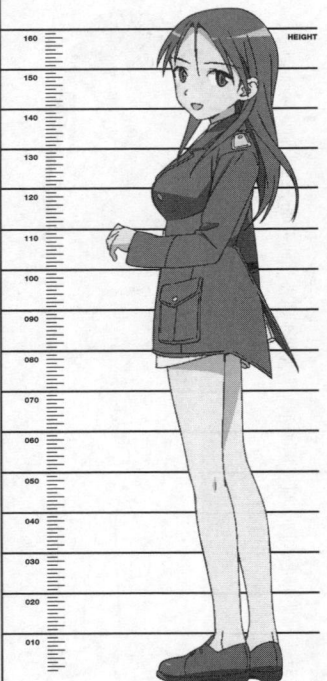

所　属: カールスラント
空軍JG3航空団司令
階　級: 中佐
身　長: 165cm
誕生日: 3月11日
年　齢: 19歳
使用機材: Bf109 K4
使用武器: MG42

ペリーヌ・クロステルマン

PERRINE-H. CLOSTERMANN

NAME

所　属: 自由ガリア
空軍第602飛行隊
階　級: 中尉
身　長: 152cm
誕生日: 2月28日
年　齢: 16歳
使用機材: VG.39 Bis
使用武器: レイピア
ブレン軽機関銃Mk1

エーリカ・ハルトマン

ERICA HARTMANN　NAME

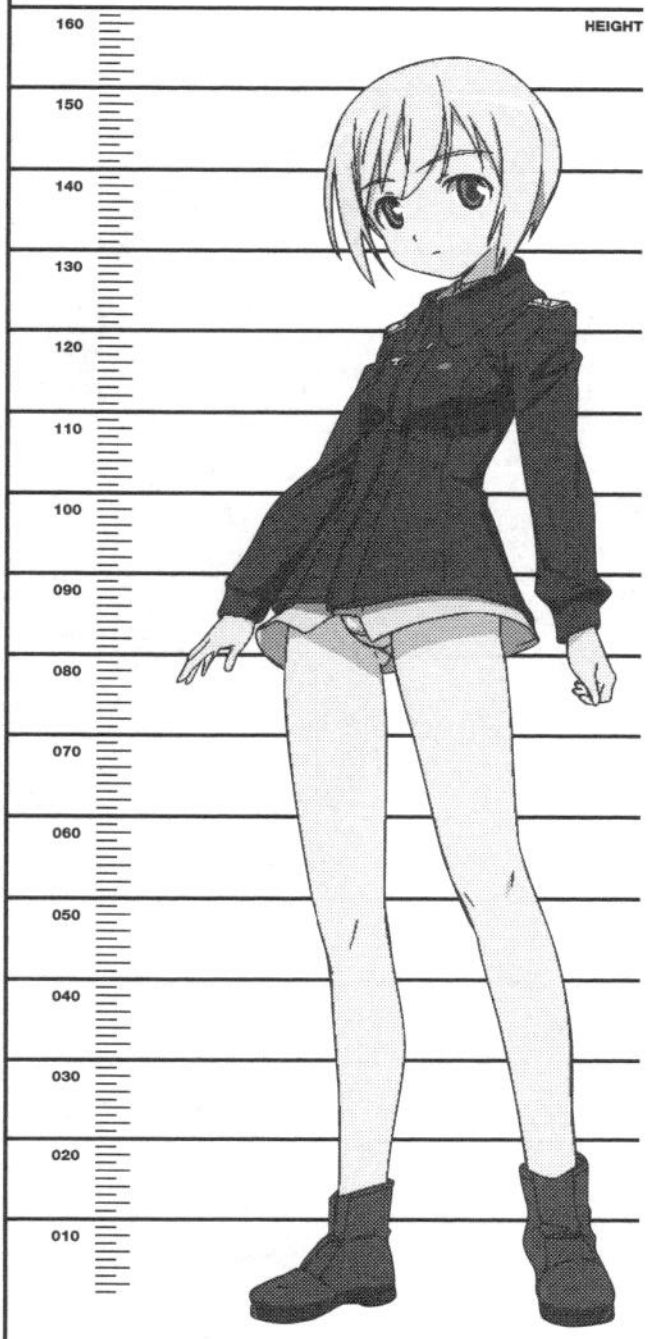

所　　属：カールスラント
空軍JG52
階　　級：中尉
身　　長：154cm
誕 生 日：4月19日
年　　齢：16歳
使用機材：Bf109 K4
使用武器：MG42
MP40

ゲルトルート・バルクホルン

GERTRUD BARKHORN　NAME

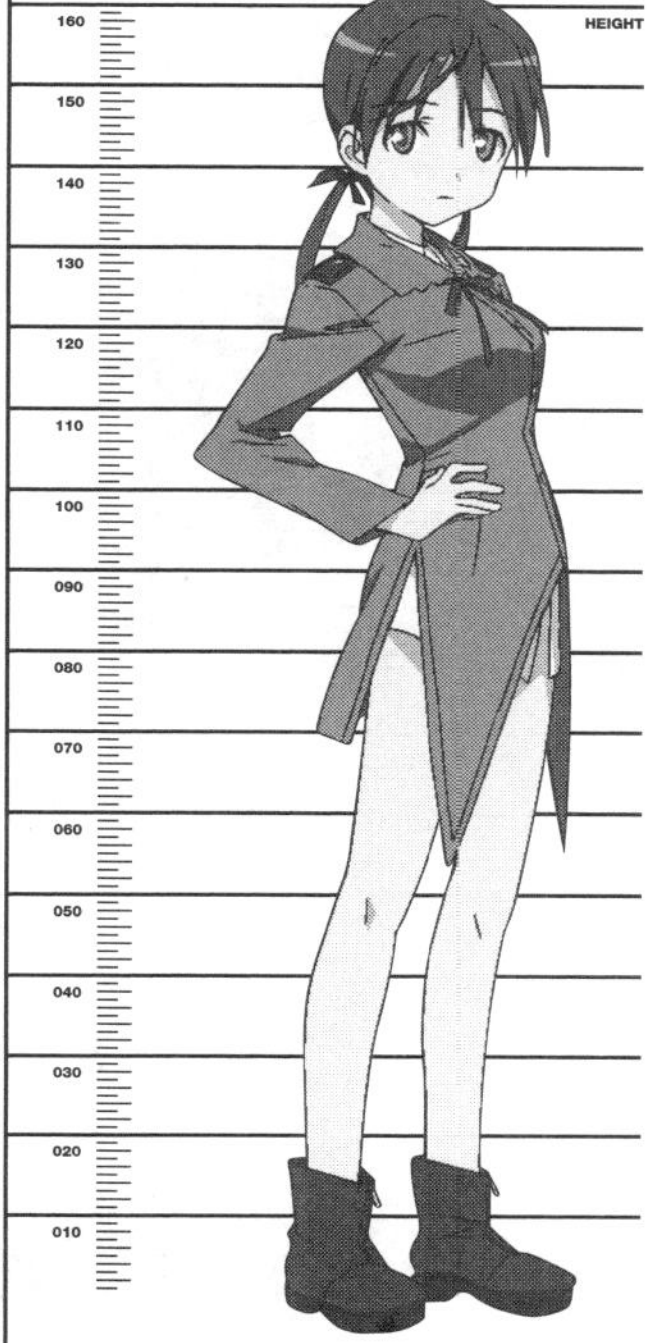

所　　属：カールスラント
空軍JG52第2飛行隊司令
階　　級：大尉
身　　長：162cm
誕 生 日：3月20日
年　　齢：19歳
使用機材：Fw190D-9
使用武器：MG42・MG131
MG151/20

シャーロット・E・イェーガー

NAME

CHARLOTTE E. YEAGER

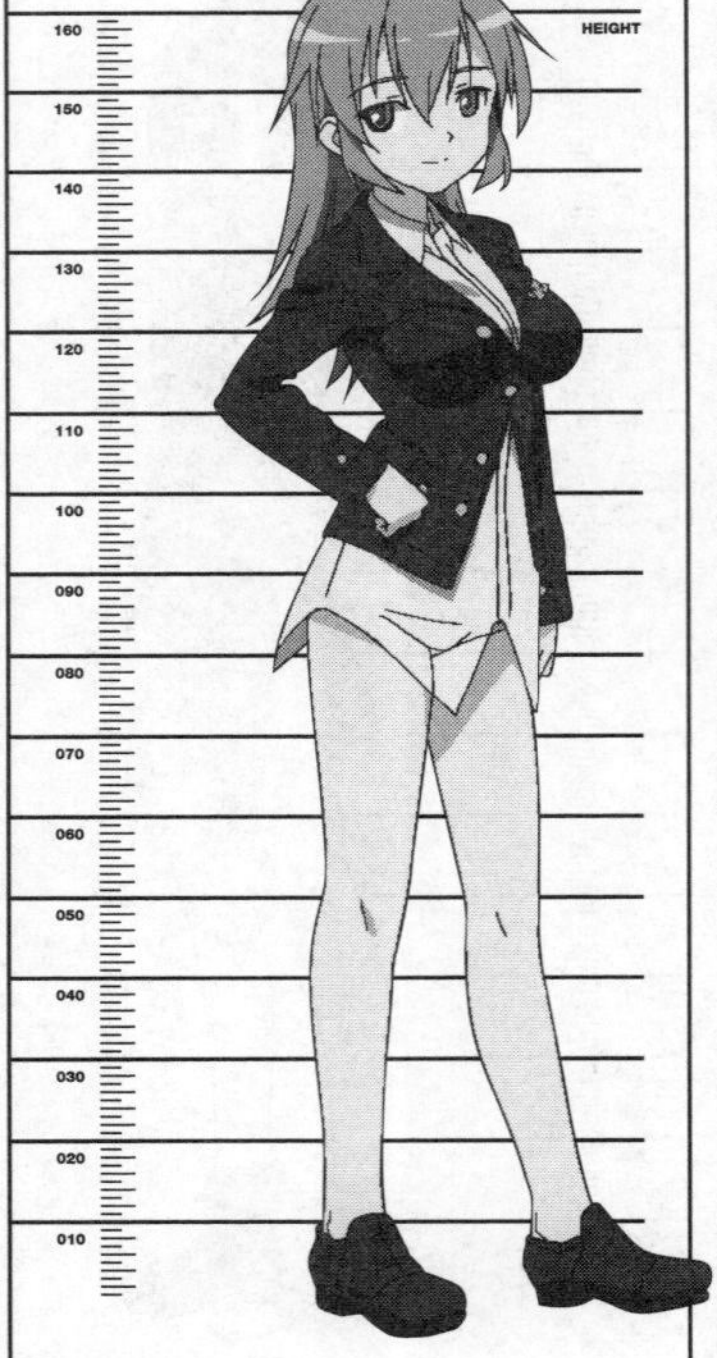

所　属：リベリオン合衆国
　　　　陸軍第363戦闘飛行隊
階　級：大尉
身　長：167cm
誕生日：2月13日
年　齢：17歳
使用機材：P-51D
使用武器：BAR
　　　　M1911A1

フランチェスカ・ルッキーニ

NAME

FRANCESCA LUCCHINI

所　属：ロマーニャ公国
　　　　空軍第4航空団
階　級：少尉
身　長：148cm
誕生日：12月24日
年　齢：13歳
使用機材：G.55S
使用武器：M1919A6

エイラ・イルマタル・ユーティライネン

EILA ILMATAR JUUTILAINEN

NAME

所　　属：スオムス
空軍飛行第24戦隊
階　　級：中尉
身　　長：160cm
誕 生 日：2月21日
年　　齢：16歳
使用機材：Bf109 K4
使用武器：スオミM1931短機関銃
MG42

サーニャ・V・リトヴャク

SANYA V. LITVYAK

NAME

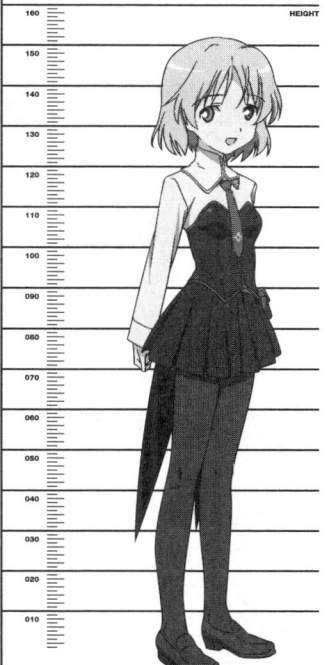

所　　属：オラーシャ
陸軍586戦闘機連隊
階　　級：中尉
身　　長：152cm
誕 生 日：8月18日
年　　齢：15歳
使用機材：MiG I-225
使用武器：フリーガーハマー

STRIKE WITCHES THE MOVIE

Shimada Humikane & Projekt Kagonish

WORLD

1.扶桑皇国
2.リベリオン合衆国
3.ブリタニア連邦
4.自由ガリア
5.帝政カールスラント
6.ロマーニャ公国
7.オラーシャ
8.スオムス

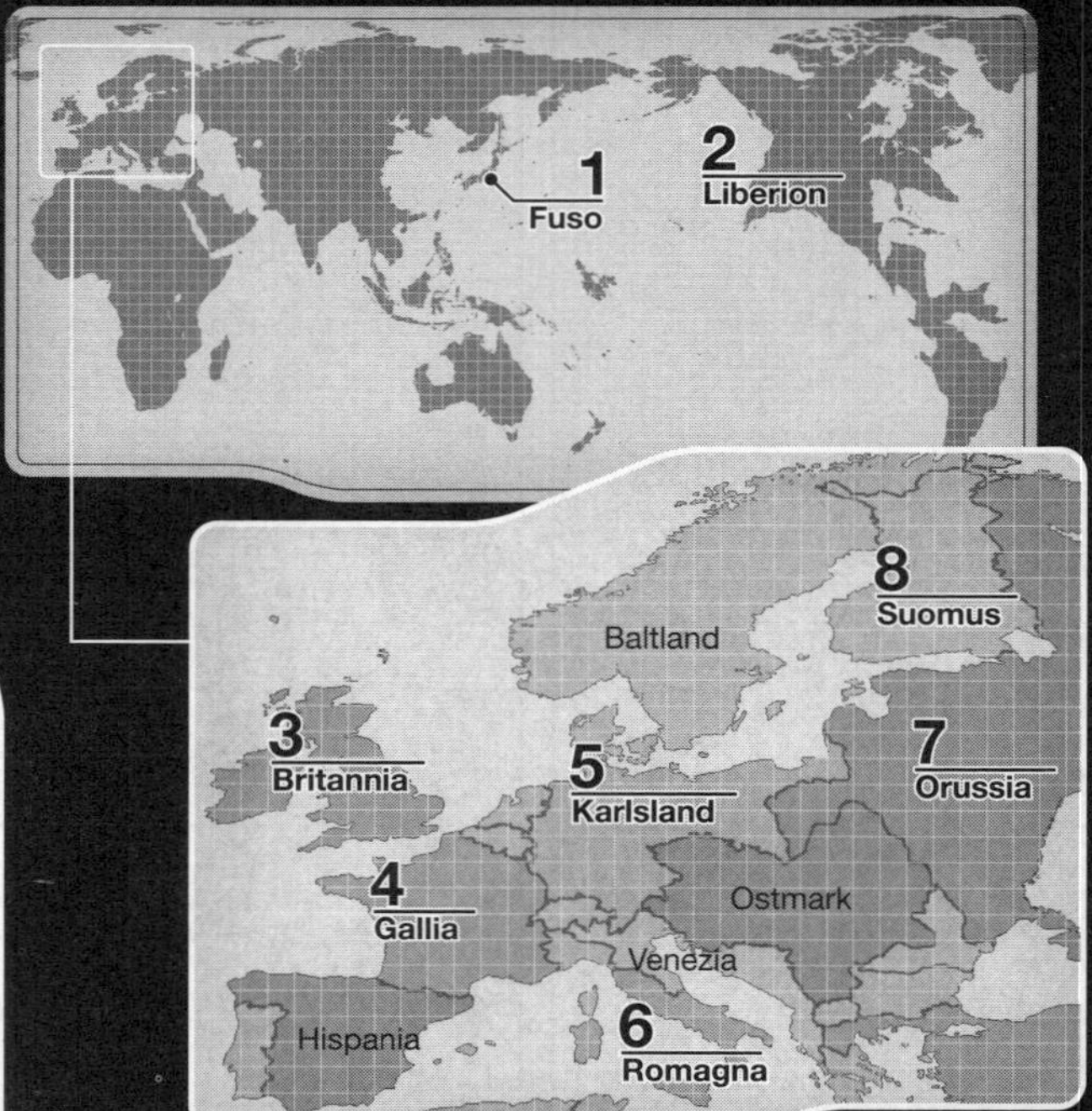

序章
PROLOGUE
異形

STRIKE WITCHES THE MOVIE
Shimada Humikane & Projekt Kagonish

雲低く、風強く、波高し。

悪天候が予想される中、欧州《おうしゅう》を支配する異形に対する人類の一大反攻《はんこう》作戦が決行された。

舞台《ぶたい》は、荒涼《こうりょう》としたガリア・ノルマンディー海岸。

黒くうねる海を大艦隊《かんたい》が埋《う》め尽《つ》くし、月のない空を航空機と、それに戦闘脚《ストライカーユニット》を身につけた少女たちが覆《おお》う。

駆逐艦《くちくかん》の砲口《ほうこう》が一斉《いっせい》に火を噴《ふ》き、上陸用舟艇《しゅうてい》からは小銃《しょうじゅう》を手にした兵士が飛び下り、波を蹴立《けた》てるようにして海岸を目指す。

やや遅《おく》れて、対戦車砲や戦車も揚陸《ようりく》される。

真っ先に砂浜《すなはま》にたどり着いた兵士のひとりが、見晴らしのいい場所に取りつき、双眼鏡《そうがんきょう》を内陸へと向ける。

見えるのは、こちらに接近してくる無数の異形たちだ。

戦車に似た異形たちは砲火をものともせず、ビームを放ち、兵士たちを屠《ほふ》ってゆく。

一方、厚い雲の中を進む輸送機からは、空挺部隊が飛び下り、パラシュートの花を開いていた。

だが、そのすべてが欧州の土を踏《ふ》み、戦える訳ではない。

空挺部隊員の多くが異形たちのビームにパラシュートを引き裂《さ》かれ、地面に叩《たた》きつけられる。

さらにある者たちは降下のタイミングを誤って真っ暗な海に、またある者たちは異形が作り出した沼地《ぬまち》に落ち、戦う前にもがきながら溺《おぼ》れ死んでいくのだ。

「ど、どうしよう?」

パラシュートが村の時計塔《とう》に引っかかり、宙吊《ちゅうづ》りになったのは、これが初戦闘《せんとう》となる二等兵だった。

この状態ではパラシュートを外す訳にはいかない。そんなことをすれば地面に叩きつけられるだけだ。

身体《からだ》を揺《ゆ》らし、なんとか時計の長針にしがみつこうとするが、頭で思い描《えが》いているようには上手《うま》くいかない。
と、そこに。
「！」
中型の異形が地上の兵たちを掃討《そうとう》しながら、こちらに向かって飛んでくるのが見えた。
二等兵の降下兵は思わず目を閉じ、身体の力を抜《ぬ》いて死んだ振《ふ》りをする。
（気がつくなよ、気がつくなよ、気がつくなよ、気がつくなよ……）
二等兵は祈《いの》った。
異形は時計塔の前で旋回《せんかい》し、二等兵を発見する。
（ダメだ〜っ！）
と、二等兵が覚悟《かくご》を決めたそのとき。
ビシュッ！
空からの銃弾《じゅうだん》が異形に命中し、その分厚い装甲《そうこう》に亀裂《きれつ》を生じさせた。
ビシュ、ビシュ！
さらに二発。
亀裂が広がり、異形の身体の奥にある核《コア》が露出《ろしゅつ》する。
「あれは！」

二等兵は空を見上げると叫《さけ》んだ。

そこにあったのは、光のプロペラを持つ一対《つい》の戦闘脚でホバリングしながら小銃を構える少女の姿。

魔法力《まほう》を持ち、ストライカーユニットと呼ばれる現代の箒《ほうき》で空を舞《ま》う魔女、ウィッチである。

パーン！

ウィッチが四発目でコアを射貫《いぬ》くと、異形のものは光の破片《はへん》と化して消失した。

「大丈夫《だいじようぶ》？」

ウィッチは二等兵に肩《かた》を貸し、地上まで下ろした。

「あ、ありがとうございます！」

二等兵は安堵《あんど》のあまり座り込む。

「気にしないで」

ウィッチは小さく頷《うなず》くと、敵である異形の姿を求め、また飛び立った。

「ネット！」

工兵隊は二本の金属の柱を垂直に立て、擬装《ぎそう》用のネットを張った。

小型の異形が、その工兵隊に向かって急降下をかける。

ビーンッ！

小型の異形は細いワイヤー製のネットを視認《しにん》できず、搦《から》め捕《と》られた。

「やった！」

快哉《かいさい》を叫《さけ》ぶ工兵たち。

動きが鈍《にぶ》った異形の身体を、上空からウィッチが浴びせた銃弾が蜂《はち》の巣にする。

異形は銀色に輝《かがや》く破片となって、工兵たちに降りそそいだ。


激しい戦闘は、日没《にちぼつ》後まで続いていた。

月が見えぬ暗闇《くらやみ》のなか、石垣《いしがき》に沿って進む兵士たちは、内陸部に降下し、ようやく集結した空挺部隊の小隊だ。

しんがりを行くのは新兵。

沼《ぬま》に降下した際に濡《ぬ》れたブーツが不快で、時おり立ち止まっては、どこかに穴が開いていて水が入ってくるのではないかと足を上げて確かめている。

そのせいで、兵士は前の兵からはだいぶ離《はな》れてしまっていた。

「……脱《ぬ》ぎたい」

呟《つぶや》いた新兵はふと、顔を上げた。

「あれは……ジープ？」

石垣の向こうの林の中。

こちらに向かってやってくる光がぼんやりと見える。

おそらく別の小隊だろうと新兵は思い、合図をしようとポケットからクリケット――押すと音が出る玩具《おもちゃ》の一種で、味方を識別するために降下の前に兵士に配られたもの――を取り出した。

だが。

「ひっ！」

光がすぐそばまで近づいてきたところで、新兵は思わずクリケットを取り落とした。

月明かりに浮《う》き上がったシルエットは、人間でもジープでもなかった。

ゆっくりと低空を飛ぶ、小型の異形だったのだ。

（ひ、人じゃない！　ネ、ネ、ネ、ネ――）

小型の異形は新兵の方を向く。

喘《あえ》いだ兵士がとっさに抜いたのは、銃ではなくスコップだった。

（ネウロイ！）

目をつぶって振り回す兵士。

だがもちろん、スコップで対抗《たいこう》できる相手ではない。

（ひいいいいいいいっ！）

ネウロイが兵士に向けてビームを放とうとした瞬間《しゅんかん》。

バンッ！

小型ネウロイは、上空からの一弾にコアを射貫かれて消滅《しょうめつ》した。

「？？？？」

訳が分からない兵士が銃声のした方向を見ると、そこにはウィッチの姿があった。

夜間活動を得意とするナイトウィッチである。

兵士は半ば呆然《ぼうぜん》としたまま手を振ると、ウィッチはクルリと旋回してまたどこかに向かった。

「おい、何もたもたしてる！」

古参兵が戻《もど》ってきて、新兵の肩に手をかけた。

「へ？　いや――」

兵士は説明しようとしたが、異形は消滅してしまっている。

「急げ！」

「いや、だって——」

「軍曹《ぐんそう》にどやされたいか!?」

新兵は頭を振ると、古参兵とともに隊の後を追った。

＊　＊　＊

人類は太古より、異形の存在と戦いを繰《く》り広げていた。

その中でつねに先頭に立っていたのは、魔法力を持つウィッチと呼ばれる十代の少女たちであった。

しかし、1939年に欧州に突如《とつじょ》として現れたそれは、圧倒《あっとう》的に強大であった。

人類はそれをネウロイと名づけた。

ネウロイが何処《どこ》から来て、何を目的としているのかは分からなかったが、人々が生まれ育った街を、国を追われていったことは事実であった。

人類は対ネウロイ用の切り札として、ウィッチの魔法力を増大させ、飛行を可能とする新たな魔法の箒、ストライカーユニットを開発した。

そして、世界各地より強大な魔法力を持つウィッチたちが、最前線である欧州《おうしゅう》へと召《しょう》集《しゅう》された。

彼女たちこそが、人類の最後の希望であった。

第一章 CHAPTER 1 めでたやめでたや

STRIKE WITCHES THE MOVIE
Shimada Humikane & Projekt Kagonish

「発現したぞ〜っ！」

夏の午後の、愛媛県《えひめけん》松山の片隅《かたすみ》。

役場に向かう道を、そう触《ふ》れ回りながら走る男の姿があった。

「……むにゃ⁉」

転《ごろ》寝《ね》していたヒゲの駐在《ちゆうざい》が、イスから転げ落ちそうになりながら交番から飛び出すと、警棒を振りかざして男を呼び止める。

「こら〜っ！　何を叫んでおるか〜っ！　騒々《そうぞう》しい！」

「は、発現したんよ、服部《はっとり》さんのところの嬢様《じようさま》が！」

男は足を止め、振り返って説明した。

「こりゃおっとろしゃあ！」

発現とは、ウィッチの能力に目覚めたこと。

駐在は慌《あわ》てて制帽《せいぼう》をかぶり直す。

「こうしてはおれん！　助役や村長に知らせんと！」

「めでたや～、めでたや～」

これを聞いた通りすがりの老婆《ろうば》が、地べたに座り込んで拝み始める。

「おい、祝いの品を！」

店の前で立ち話をしていた酒屋の主人が、水撒《みずま》きをしていた丁稚《でっち》に命じた。


その夜。

代々多くの軍人を輩出《はいしゅつ》してきた服部家では、親戚《しんせき》や近隣《きんりん》の人々を招いての祝宴《しゅくえん》が開かれていた。

名家らしい立派な門には、扶桑《ふそう》皇国の国旗と海軍旗。

広間には松山の名士の多くが招かれ、杯《さかずき》を手に談笑《だんしょう》している。

強《したた》かに酔《よ》いが回り、手拍子《てびょうし》に合わせて伊予《いよ》節を踊《おど》り出す者もいるが、今夜は無礼講だ。

障子が外され、広間から見渡《みわた》せるようになった庭に積まれているのは、酒樽《さかだる》や米俵、餅《もち》に菓子《かし》。あちこちから贈《おく》られた祝いの品である。

そして。

鯉《こい》の滝登《たきのぼ》りの掛《か》け軸《じく》がかかった床《とこ》の間を背に、赤い座布団《ざぶとん》の上にちょこんと座らされている振袖《ふりそで》の少女が、本日の主人公だ。

もっとも、少女本人にその自覚はない。

正面の膳《ぜん》に並ぶ尾頭《おかしら》付《つ》きの鯛《たい》に、目を見張るだけだ。

少女の右隣《みぎどなり》には紋付《もんつき》姿の父が、左隣には祖父が鎮座《ちんざ》している。

母は台所で酒の肴《さかな》の用意に忙《いそが》しく、この場には姿を見せていない。

「父上」

父が背筋を伸《の》ばし、真っ直《す》ぐに前を見据《みす》えたまま、老人に声をかけた。

「ん、なんだ？」

立派な髭《ひげ》についた酒を親指で拭《ぬぐ》いながら、こちらも前を向いたまま聞き返す。

「これで服部家も安泰《あんたい》ですな」

「うむ」

老人は大きく頷《うなず》いた。

「一差し、舞《ま》うとするか」

老人は杯を乾《ほ》して立ち上がると扇《おうぎ》をぱっと開いた。

酒は呑《の》め　呑め
呑むならば
皇国一のこの槍《やり》を
呑み取るほどに呑むならば

「まるで春が来たようだな、静夏《しずか》」

父は少しだけ顔を傾《かたむ》けると、少女に話しかけた。

「…………」

このときだけ、少女の視線が鯛の塩焼きから離《はな》れ、父親の方に向けられた。いつも生真面目《きまじめ》な表情を崩《くず》さず口数の少ない父が、これほど嬉《うれ》しそうな表情を見せるのは初めてだったからだ。

「静夏よ」

祖父が咳払《せきばら》いする声がして、少女は正面に向き直る。

「お前もウィッチとなったからには、代々軍人たる服部家の名に恥《は》じぬよう、お国に尽《つ》くせよ」

そう語りかける祖父も、ほんのり赤みが差した皺《しわ》だらけの頰《ほお》を緩《ゆる》めている。

「服部家の……名に……？」

つい昨日まで鞠《まり》をついて遊んでいた幼い少女には、祖父が言っていることの半分も分からなかった。

ただ――。

軍人として考え、軍人として行動すること。

扶桑皇国軍人らしくあること。

それが、父と祖父を喜ばすのだということだけは、心に深く刻まれたのである。

＊　＊　＊

月日は流れ。

幼かったあの松山の少女は、髪《かみ》も背も伸び、今や候補生となって海軍のウィッチ養成学校のグラウンドに立っていた。

「ひよっ子ども！　私がこれからお前たちを鍛《きた》え上げる坂本美緒《さかもとみお》だ！」

竹刀《しない》を持ち、眼帯をつけた年長の少女が、グラウンドに整列した少女たちを見渡した。

坂本の階級は少佐《しょうさ》。

本来なら、候補生には雲の上の存在だが、坂本は現場で候補生たちをしごく、もとい、指導することを好んでいた。

「ウィッチの基本は足腰《あしこし》！　まず走れ！　校庭二十周！」

初日の挨拶《あいさつ》もそこそこに、坂本は命じる。

「は、はい！」

その気迫《きはく》に圧《お》され、候補生たちは一斉《いっせい》にダッと駆《か》け出した。

とはいえ、四百メートル×二十周は、これまで鍛えた経験のない少女たちにとってはかなりきつい。ペース配分もろくにできないので、六、七周目あたりで早くも脱落《だつらく》する者が出始める。

「走れっ！　このくらいでへこたれるんじゃない！」

歩いているのか、よろけているのか分からない少女たちを坂本は叱咤《しった》した。

「弱音を吐《は》くんじゃないぞ！」

少女たちはビクッとしてスピードを上げるが、またすぐにもとの足取りに戻《もど》る。

炎天下《えんてんか》。

ひとり、またひとり。

少女たちは汗《あせ》まみれになり、体操着を肌《はだ》に張りつかせてへたれ込む。

結局、最後まで走りきったのは六人だけだ。

だが。

「あと十周！」

坂本は、ようやくゴールにたどり着いた候補生にさらに命じた。

「も、もう無理です！」

最初に走りきった少女が座り込み、泣き出した。

「わ、私も」

次にゴールに駆け込んだ少女も倒《たお》れ込み、胸を上下させて喘《あえ》ぐ。

そんななか。

ここまでほとんど歩調を変えずにきた少女だけが、抗議《こうぎ》の声ひとつ上げず坂本のすぐ横を通り過ぎていった。

「……ほう」

坂本はわずかに眉《まゆ》を上げて少女の背中を見る。

入学式での印象は特に強くはなかったが、確か、松山から来た候補生だ。

他《ほか》の生徒がまだ立ち上がることさえできないというのに、黙々《もくもく》と走り続けている。

（思わぬ拾い物か、それとも……）

坂本はほくそ笑《え》み、少女を見守った。そして、少女が計三十周を走り終え、ゴールのラインを踏《ふ》んだ瞬間《しゅんかん》。

「あと五周！」

坂本はビシッと竹刀を鳴らした。

「ひ、ひぃ！」

と、悲鳴を上げたのは、命じられた本人ではなく、すでにリタイアした生徒たちだ。

「了解《りょうかい》」

松山から来た少女は、表情ひとつ変えない。

もっとも、首筋から胸の間に流れる汗は滝のようで、かなり疲労《ひろう》しているのが見て取れた。

足を運ぶ速度も元々速くはないが、ほとんど歩いているくらいまで落ちている。

「……根性《こんじょう》は買う」

三十四周目に差し掛かったとき、坂本は少女に声をかけた。

「だが、いつまで走り続ける気だ？」

「上官の命令は、絶対ですので」

かすれた声で少女は答える。

「……よし！　ではあと五周追加！」

坂本はさらに命じた。

「はい」

かすかに頷く少女。

「うそ？」

「……そんな」

見守る級友たちの顔は、どれも蒼白《そうはく》になっていた。

それでも、少女は止まろうとはしない。

「私は……軍人として……生きる……」

陽炎《かげろう》のように歪《ゆが》む景色のなか、少女は呟《つぶや》く。

走り始めてからすでに二時間近くが経過。

三十七周目に入ったところで少女は転びかける。

太股《ふともも》の感覚がない。

筋肉が腫《は》れ上がっているのだ。

しかし。

「!」

少女は踏ん張り、また走り始めた。

「頑張《がんば》って、静夏!」

級友のひとりが立ち上がって、叫《さけ》んだ。

「そうだよ、もう少し!」

「静夏ならできるから!」

他の生徒たちも応援《おうえん》する。

「あと二周!」

「!」

最初にリタイアした子が立ち上がり、少女の後ろについて再び走りだした。

ひとり、またひとり。

途中《とちゅう》で諦《あきら》めた仲間たちが加わって、一緒《いっしょ》に走り始める。

「あと一周!」

「あと一周だよ!」

顎《あご》の上がりかけた少女に、まわりのみんなが声をかける。

そして。

少女はゴールラインを踏み、坂本の前で足を止めた。

「任務……完了《かんりょう》」

だが、さすがにこれが限界だった。

少女は顎からグラウンドに頽《くずお》れた。

「……やれやれ、弱音ひとつ吐かんとはな」

坂本は呆《あき》れ果てたのか感心したのか分からないため息をつくと、屈《かが》み込んで少女の顔を覗《のぞ》き込んだ。

「教官が……弱音を吐くなとおっしゃいましたので」

少女はそう言うと、意識を失う。

坂本は他の生徒たちのほうを振り返って尋《たず》ねた。

「こいつの名前は？」

「は、服部、服部静夏候補生です」

ひとりが答える。

「お前たち、医務室に運んでやれ」

坂本は命じ、空を見上げた。

春だというのに、日差しは厳しかった。

＊　＊　＊

コンコン。

「坂本教官、服部であります」

「入れ」

教官室で書類に目を通していた坂本は、顔を上げて扉《とびら》のほうを見た。

「どうした？」

直立不動の静夏に向かって、坂本は声をかける。

あの長距離走《ちようきより》からすでに一か月が経過。

右も左も分からなかった少女たちの顔にも、ようやく軍人の自覚が見え始めた頃《ころ》である。

「レポートの提出に参りました」

静夏は黒い表紙をつけたレポートを差し出した。

「ああ、お前はいつも締《し》め切りに正確だな」

むしろ、正確過ぎるくらいである。

レポートを受け取りながら坂本は苦笑いし、時計に目をやった。

「さてと、そろそろ出るか」

坂本は立ち上がり、背伸《せの》びをする。

「これから外出なされるのですか？」

レポートを手にしたまま扉の方に向かおうとする坂本に、静夏は尋ねた。

「ああ。宮藤《みやふじ》と会う」

坂本は振《ふ》り返り、ニヤリと笑った。

「あいつを軍に戻してやりたいんだ。医者になる気なら、そのほうが有利な点が多い。仮令《たとえ》、前線に立たなくとも」

「宮藤と言われますと、もしかしてあの５０１の宮藤少尉《しょうい》ですか？」

静夏はその名前に聞き覚えがあった。

ネウロイの巣を滅《ほろ》ぼし、ガリアとロマーニャを救った第５０１統合戦闘《せんとう》航空団。

隊長はカールスラント空軍のミーナ・ディートリンデ・ヴィルケ中佐《ちゅうさ》。

それを補佐する戦闘隊長に、扶桑皇国海軍の坂本美緒少佐。

カールスラント空軍からは、ゲルトルート・バルクホルン大尉とエーリカ・ハルトマン中尉。

自由ガリア空軍から、ペリーヌ・クロステルマン中尉。

ブリタニア空軍から、リネット・ビショップ曹長《そうちょう》。

リベリオン陸軍から、シャーロット・E・イェーガー大尉。

ロマーニャ空軍から、フランチェスカ・ルッキーニ少尉。

オラーシャ帝国《ていこく》陸軍からは、アレクサンドラ・ウラジミーロヴナ・リトヴャク中尉。

スオムス空軍から、エイラ・イルマタル・ユーティライネン中尉。

そして、扶桑皇国海軍から、宮藤芳佳《よしか》少尉。

授業でも何かと引き合いに出される、空の英雄《えいゆう》のひとりだ。

「ああ」

坂本は頷《うなず》いた。

「きょ、教官は上官として、宮藤少尉のことをよくご存知だったそうですが？」

普段《ふだん》、あまり感情を顕《あら》わにしない静夏の声が、ちょっと上ずる。

「上官か」

坂本は珍《めずら》しく遠い目になった。

「……どちらかというと、戦友という意識の方が強かったな。特にロマーニャでは」

「ストライカーユニットの開発者のご息女だと聞きました」

静夏は身を乗り出す。

「ほう、よく知っているな」

と、笑顔になる坂本。

「あいつのお陰《かげ》だよ、501がまとまったのは」

「そうなんですか？」

これは意外な話である。

501のチームワークは鋼《はがね》の如《ごと》し、とずっと教えられてきたのだ。

「501は結成当初からエース級が揃《そろ》っていたが、それなりに衝突《しょうとつ》もあってな。功を焦《あせ》る者、己《おのれ》の力を発揮できぬ者、とにかくバラバラだったんだ」

坂本は続けた。

「だが、宮藤の加入で劇的に501は変わった。501が解散後も伝説として語られるのは、あいつがいたからこそなんだ。まあ、今はもう魔法《まほう》力を失って民間人になっているんだが……すごいウィッチだったよ」

「宮藤……芳佳少尉」

静夏は呟く。

「お前にも見せてやりたかったな、あいつの活躍《かつやく》を」

坂本は静夏と一緒に教官室を出ると、玄関《げんかん》へと向かった。

「これは、車の中で読ませてもらう」

レポートを握《にぎ》った手を振る坂本。

「は、はい！　よろしくお願いします！」

静夏は敬礼し、坂本の背中を見送った。


それから時おり。

静夏は何かの理由を見つけては教官室を訪《おとず》れ、坂本が語る思い出話に聞き入るようになっていた。

とりわけ聞きたかったのが、宮藤少尉の活躍だ。

宮藤芳佳少尉については、自分でも資料室に入り浸《びた》って調べてもみた。

だが、記事の切り抜《ぬ》きの類《たぐい》では、詳細《しょうさい》までは分からない。

実際に一緒に戦った坂本の話ほど、静夏の心に刻まれるものはなかった。

「妹が意識不明の重体で、捨て鉢《ばち》になっていたバルクホルンを救ったのも――」

「で、あいつはエイラと一緒にサーニャを打ち上げて――」

「気弱でいつもペリーヌに怒鳴《どな》られていたリーネが、初戦果を上げて自信をつけたのはだな、あの宮藤が――」

「宝探しのときには参ったな。私は記憶《きおく》がないんだが、宮藤のやつ――」

「大和《やまと》の艦首《かんしゅ》に突《つ》き刺《さ》さった烈風丸《れつぷうまる》をだな、あいつは――」

あのエピソード、このエピソード。

話を聞きながら思い浮《う》かべるのは、白刃一閃《はくじんいっせん》で巨大《きょだい》ネウロイを屠《ほふ》る阿修羅《あしゅら》の如き軍神の姿だ。

「宮藤芳佳少尉……」

静夏のなかで、次第《しだい》に宮藤の存在が大きくなっていった。

＊　　　＊　　　＊

「うわわっ！」

ここは横須賀《よこすか》の宮藤診療所《しんりょうじょ》。

宮藤芳佳の実家である。

玄関で声がして、勉強していた芳佳が慌《あわ》てて出てゆくと、腰《こし》に手を当て、仁王《におう》立ちしていたのは坂本だった。

「宮藤！　来たぞ！」

「坂本さん、またですか？」

必勝と書かれた鉢巻《はちまき》を頭に巻いた芳佳は、げんなりとした顔になった。

「あっはっはっは！　そう嫌《いや》がるな！」

坂本は、芳佳の肩《かた》を叩《たた》く。

「別に嫌じゃないですよ。軍に戻《もど》れって言わなければ」

つんのめって転びそうになりながら、芳佳は口を尖《とが》らせた。

「言うさ！　魔法力がなくても、お前は海軍に必要な人材だからな！」

坂本はヒョイと台所のほうを覗こうとする。

「……ところで、今日の夕飯はなんだ？」

そこに。

「あの～」

と、姿を見せたのが、自転車に乗り、麦藁帽子《むぎわらぼうし》を被《かぶ》った山川美千子《やまかわみちこ》である。

美千子は芳佳の従姉妹《いとこ》で親友。診療で忙《いそが》しい芳佳の母の代わりに、買い物に行ってきたところだ。

「トビウオが手に入ったから、塩焼きにしようと思っています」

「やあ、山川さん」

坂本は美千子を見て破顔した。

「今日は一緒《いっしょ》に夕飯か!?　賑《にぎ》やかになっていいな！」

「もちろん、坂本少佐の分もありますよ」

美千子は港の市場から買ってきたばかりのトビウオを見せた。

「……いいのに」

芳佳はため息をつく。

このところ、坂本は週に二回の割合で診療所にやってくる。

その度《たび》に夕食をここで取り、さらには風呂《ふろ》までもらって帰るのだ。

「まあ、話は茶でも飲みながらということにしよう」

坂本は芳佳が上がれと言うのを待つことなく、ズカズカと茶の間に踏《ふ》み込んでいった。

「何度も言うようだが、宮藤、軍に戻らないか？　兵学校なら推薦《すいせん》で――」

月が空に浮かぶ頃。

夕餉《ゆうげ》の食卓《しょくたく》についた坂本は、白米をパクつきながら芳佳に言った。

「だ～か～ら～、私はお医者になるために医学校に行くんです！」

ロマーニャでの戦いで魔法力を使い果たした芳佳は帰国後、母や祖母の跡《あと》を継《つ》ごうと猛《もう》勉強の真っ最中。リーネやサーニャのような昔の仲間に逢《あ》いたいと思うことはあっても、軍に戻ることなどまったく頭にないのだ。

「なあ、どう思う？」

坂本はトビウオの身を箸《はし》でほぐしながら、美千子の方を見る。

「ええっと。私は……お医者さんになる夢を叶《かな》えてあげたいし……でも、空を飛ぶ芳佳ちゃんもすてきだし……」

吸い物のお椀《わん》を手にしたまま、美千子は考え込んでしまう。親友と離《はな》れたくない気持ちも強いが、なんと言っても美千子はウィッチとしての芳佳の一番のファンなのだ。

「あ、これ。私が漬《つ》けたんです」

美千子はたくあんの皿を坂本に差し出した。

「ふむ。迷うところか」

坂本はたくあんをヒョイと口に放《ほう》り込み、ポリポリと音を立てる。

「ん、うまい！　今度、欧州《おうしゅう》に行くときに持って行きたいくらいだぞ！」

「じゃあ、今度までに用意しておきますね」

美千子は微笑《ほほえ》んで頷く。

「ご母堂、すまない、お代わりを」

坂本は空になった茶碗《ちゃわん》を、芳佳の母に差し出した。

「はいはい」

芳佳の母にとって、坂本は芳佳の姉も同様。こうして訪れてくれることを、心から喜んでいる。坂本が熱心に海軍に誘《さそ》うことも、悪く思ってはいない。娘《むすめ》に誰《だれ》かを救えるだけの力があるなら、それを人々のために遣《つか》うのは亡《な》き夫の遺志であり、結局、どのような道であろうと選ぶのは芳佳本人だと理解しているからだ。

「ともかく！　私はもう戻りませんから！」

芳佳はもともと丸い頬《ほ》っぺたをさらに膨《ふく》らまし、プイと横を向いた。

＊　　＊　　＊

「だから、カタパルトは一式二号に交換《こうかん》だと言っただろう？……そう、伊勢《いせ》や日向《ひゅうが》に搭載《とうさい》されているあれだ。……いや、前の呉《くれ》式二号五型では、射出間隔《かんかく》が長すぎる。……分かった、もういい。あとはそっちに着いてから指示する」

坂本はため息をつきながら欧州からの通信を切ると、廊下《ろうか》に出て窓からグラウンドを見《み》渡《わた》した。

「……やはり、こちらにいては埒《らち》が明かんな。寺尾《てらお》だけでは荷が重いようだし、やはり私が陣頭《じんとう》指揮を取るしかないか」

このところ、ある計画のため、新型の高速連絡機《れんらくき》を使っての欧州・扶桑間の往復が続いている坂本だが、今度のブリタニア滞在《たいざい》は長引きそうな予感がする。

数日のうちに、芳佳へのちょっとしたプレゼントが届く予定だったのだが、どうやら自分の手で渡すのは無理になったようだ。

「あいつの喜ぶ顔、見たかったんだがなあ」

坂本は頭を振《ふ》ると、窓越《まどご》しにグラウンドを走っている静夏を呼び寄せた。

「服部候補生！」

「！」

グラウンドの一番遠いところにいた静夏はすぐに気がつき、全速力で坂本のところまで駆《か》け寄ってくる。

「服部、お前に用事がある！」

「はっ！　何なりと！」

静夏は息を切らせながら敬礼する。

「お前を憧《あこが》れの人に会わせてやるぞ」

坂本は窓から身を乗り出すと、ニヤリと笑った。

＊　　＊　　＊

その頃《ころ》。

「……坂本さん、最近来ないなあ」

勉強机の前に座った芳佳は、ふと、窓の外の青空を見て呟《つぶや》いていた。

「そうだよねえ」

台所で西瓜《すいか》を切っていた美千子がこちらを向いて頷《うなず》く。

「あの人がご飯を食べに来ないと、ご飯が余って」

「もう、諦《あきら》めちゃったのかな？」

だとすると、ほっとする気持ちと、淋《さび》しい気持ちが半々だ。

「大丈夫《だいじょうぶ》だよ、芳佳ちゃん」

美千子は卓袱台《ちゃぶだい》に西瓜を運びながら、元気づけるように言った。

「きっとまた、押しかけてくるようになるよ」

「う」

それはそれで迷惑《めいわく》。

と、思う芳佳。

綿《わた》菓子のような入道雲のした、蟬《せみ》が五月蝿《うるさ》く鳴き始めていた。

第二章
CHAPTER 2

前兆

STRIKE WITCHES THE MOVIE
Shimada Humikane & Projekt Kagonish

1945年8月2日　ベルギカ上空

「本日も異状なし。そろそろ交代の時間」

午前三時。

大きな銀色の月が、その優《やさ》しい光をハイデマリー・W・シュナウファー少佐《しょうさ》の頬《ほお》に投げかけていた。

つかの間の平和。

ラジオの周波数に合わせた通信機からは、『ラインの護り』が流れている。

「月がきれい……もうちょっと、飛んでいようかな？」

ここしばらく、哨戒《しょうかい》中にネウロイとは遭遇《そうぐう》していない。

音楽に身を任せ、飛ぶというよりフワフワと宙に浮《う》かんでいる感覚を覚えながら、ハイデマリーは呟く。

と、そのとき。

「！」

耳につけた通信機が突然《とつぜん》、大きなノイズを立てた。

『こちら、サントロン基地《ベース》。ハイデマリー少佐、そちらの状況《じょうきょう》は？』

隊長のミーナ・ディートリンデ・ヴィルケ中佐の声である。

「あ、はい、こちらハイデマリー、えっと……特に異常ありません」

どうして、こちらの気がふと弛《たる》んだ瞬間《しゅんかん》を狙《ねら》っているかのように通信を寄こすのか、ハイデマリーにはいつも不思議でならない。

『了解《りょうかい》。ここ半月、カールスラントのネウロイは動きを止めているみたいね』

ミーナの声は耳に心地《ここち》よい。さすがは歌手を志していただけのことはある。

「はい。このまま静かだといいんですけど」

ハイデマリーは返す。

『そうね。でも気をつけて、ネウロイの行動パターンはまだ分からないことが多いから——』

「あれ？」

またも雑音。

今度は原因不明である。

「サントロン基地、応答願います、サン――」

通信が切れると同時に、頭部に巡《めぐ》らせた魔導針《まどう》が警戒色《けいかい》に変わった。

「ネウロイ!?」

ハイデマリーは銃《じゅう》を構える。

「警報！　ネウロイの反応アリ！……位置は……直下！」

雲の下からネウロイが、ゆっくりとその姿を現した。

「こんな近くに来るまで気がつかなかったなんて」

巨大艦《きょだいかん》に超《ちょう》高速機、それに超高々度からの攻撃《こうげき》。

過去にもネウロイは手を替《か》え、品を替え、人類の制空網《もう》の弱点を突《つ》いてきている。

魔導針が感知できなかったというのも、またそうした新機能なのだろうか？

唇《くちびる》をキッと結んだハイデマリーは戦闘脚《ストライカーユニット》の出力を上げ、水平飛行に移行するネウロイの後を追った。

慣性で超々巨乳が後方に引っ張られる感じがして、ちょっと痛い。

「目標、捕捉《ほそく》！」

背後に取り付いたハイデマリーは、照準にネウロイを捉《とら》える。

動きに関しては、いつもの偵察《ていさつ》型と変わらない。

ならば一撃で仕留められる。

ハイデマリーがそう自分に言い聞かせ、トリガーを絞《しぼ》ろうとしたその瞬間。

ネウロイは突如《とつじょ》、形を変えた。

「変形した!?」

トリガーを絞るのがコンマ数秒遅《おく》れ、ネウロイは雲に突っ込んでハイデマリーの視界から消える。

「雲に!?　気づかれた!?」

背後に気配。

「後ろに!?」

雲に潜《もぐ》ったネウロイはハイデマリーの背後を取っていた。

ハイデマリーは振り返り、ネウロイの姿を確認《かくにん》すると同時に、振り切ろうと急上昇《きゅうじょうしょう》する。

だが、ネウロイは、回避《かいひ》行動を取るハイデマリーの後方にピッタリと張りついた。

旋回《せんかい》能力はこのネウロイのほうが上。ハルトマンやバルクホルンといった、ウィッチのスーパーエースを髣髴《ほうふつ》とさせる動きである。

「速い」

ハイデマリーは舌を巻いた。

横ロールでは避《さ》けきれないと判断し、シールドを展開した瞬間に、ネウロイのビームがかすめる。

「!」

衝撃《しょうげき》とともに、シールドが熱を帯びて発光した。

横へ横へとスライドするように回避を続けるハイデマリーだが、ネウロイの攻撃は着実に彼女のシールドを捉えつつあった。

「強い……でも」

アドレナリンが分泌《ぶんぴつ》され、ハイデマリーは自分の感覚が急激に鋭敏《えいびん》になるのを感じる。

(私には見える)

ハイデマリーは上昇した。

変形ネウロイがこの誘《さそ》いに乗り、猟犬《りょうけん》のようにそれを追う。

そして、リヒテンシュタイン式魔導針がパッと輝《かがや》きを増した次の瞬間。

（……今）

ハイデマリーは目を閉じた。

銃だけが背後に向けられ、トリガーが引かれた。

ネウロイは急加速をかけ、被弾《ひだん》を避けようとする。

だが。

ハイデマリーは相手の動きを読んでいた。

旋回し、ネウロイをかすめるように下方に回り込むと、そのままふわりと落下しながら銃弾を放った。

装甲《そうこう》が砕《くだ》け、弱点であるコアが露出《ろしゅつ》する。

ビームを避けつつ、急接近したハイデマリーは、そのコアに向けてとどめの連射を加えた。

王手《チェックメイト》。

「これでおしまい」

ネウロイは、光の破片《はへん》となって砕け散った。

『――こちらサントロン基地！　ハイデマリー少佐、どうしたの!?』

通信が回復し、緊張《きんちょう》したミーナの声が聞こえてきた。

「あ、あの、ネウロイが出現しました」

呼吸をなんとか整え、大きく胸を揺《ゆ》らしながらハイデマリーは報告する。

『ネウロイ⁉　交戦中なの⁉』

「あ、いえ……もう撃墜《げきつい》しました」

『詳《くわ》しく聞きたいわ。急いで帰投して』

努めて冷静に告げるハイデマリーの声に、ミーナも安心したようだ。

「了解しました、ミーナ中佐」

ハイデマリーは基地へと針路を取る。

月は、何事もなかったかのように、その影《かげ》を見下ろしていた。

＊　　＊　　＊

「はあ～」

基地に帰ったハイデマリーはミーナへの報告を終えると、扶桑《ふそう》式浴場の湯船に浸《つ》かり、戦闘《せんとう》の疲《つか》れを癒《いや》していた。

『サントロンの幻影《げんえい》』と渾名《あだな》され、少しはナイトウィッチとしての自信を持ち始めていたハイデマリーだったが、今夜、ネウロイの接近を許したミスは痛かった。

同じナイトウィッチでも、サーニャ・V・リトヴャク中尉《ちゅうい》だったら？

あれほどネウロイが近づくまで気がつかないなどということはないだろう、とハイデマリーは思う。

もともと内気で引っ込み思案なハイデマリーは、ミーナ隊長に叱責《しっせき》されたわけでもなく、むしろよく対処できたと賞賛されたのにも拘《かかわ》らず、勝手に落ち込み、ため息を漏《も》らした。

あまりにも豊満過ぎるその白く滑《なめ》らかな胸は、お湯にぷかぷか浮き、ため息をつく度《たび》にリングのような波紋《はもん》を生み出している。

微妙《びみょう》に違《ちが》う揺れ方をする左右の胸の波紋が干渉《かんしょう》し、奇麗《きれい》な文様を描《えが》く。

胸フェチの芳佳《よしか》だったら泣いて喜びそうなこの胸も、飛行時のハイデマリーにとっては邪魔物《じゃまもの》でしかない。

まるで増槽《ぞうそう》を二つ抱《かか》えて飛んでいるようなもので、急旋回する度にバランスを崩《くず》しそうになるのだ。

おまけに肩《かた》も凝《こ》る。

この二つさえなければ、もっと上手《うま》く飛べるはずなのに。

またひとつ、ハイデマリーはため息をつく。

「……サーニャさん、いいな」

ハイデマリーには、あの無きに等しいサーニャの胸がうらやましくてたまらない。

胸を小さくする秘訣《ひけつ》があるものなら、聞いてみたいものだ。

と、ハイデマリーがそんなことをぼんやりと考えていると。

「どうした？　ネウロイを落としたというのに、浮かぬ顔じゃないか？」

「ひゃっほ〜！」

バルクホルンとハルトマンが風呂場《ふろば》に入ってきた。

どっぶ〜ん！

プールと勘違《かんちが》いしているのか、ハルトマンは湯船に飛び込み、水柱を上げる。

「あ、いえ。……もっと前に、あのネウロイの存在に気づくべきでしたので」

ハイデマリーは、バルクホルンを見上げて答えた。

「また〜。いいじゃん、結果、撃《う》ち落としたんだから。だよね、トゥルーデ？」

大の字になってお湯に浮くハルトマンが笑う。

「いや」

湯船に身体《からだ》を沈《しず》めながら、バルクホルンは顎《あご》に手を当てて考え込む。

「確かにミスとは言えないが、今後の防空態勢には懸念《けねん》が残るぞ。ハイデマリーほどのナイトウィッチが易々《やすやす》と接近を許したとなると、魔導針に検知されない能力を持った新型という可能性もあるしな」

「うわ～、また小難しいこと言い出した」

ハルトマンは辟易《へきえき》したというように鼻の頭に皺《しわ》を寄せると、話題を変える。

「そういえばさ、ハイデマリーって、時々サーニャと連絡《れんらく》を取っているんだって？」

「あ、はい。同じナイトウィッチの誼《よしみ》で親しくさせてもらっています」

ハイデマリーが頷《うなず》くと、胸が揺れてまた波紋が起きた。

「便利だな～。遠くにいても、魔導針で通信できるんだろ？」

ハルトマンは浴場の天井《てんじょう》を見上げ、懐《なつ》かしそうな表情を浮《う》かべる。

「……あいつら、今ごろどうしてんのかな？」

「この前お話ししたときは、サーニャさん、御《ご》家族を捜《さが》すためにペテルスブルグ基地に立ち寄って、そこからウラルを越《こ》える予定だとおっしゃっていました」

「ウラルか。……遠いな」

白く険しい山々を思い浮かべ、バルクホルンが呟《つぶや》く。

「御家族、見つかるといいですね」

ハイデマリーがポツリと言った。

「だ〜いじょぶ、見つかるって」

ハルトマンはニッと笑った。

「お前な、オラーシャは広いんだぞ。どうしてそう言える？」

バルクホルンは眉《まゆ》をひそめると、前にエイラが芳佳に向かって言ったのと同じような台詞《せりふ》を吐《は》いた。

「ん〜、なんとなく」

「なんでお前はそういつもいい加減なんだ？」

「空飛ぶ極楽《ごくらく》トンボって呼んで」

ハルトマンは両手を広げ、トンボの真似《まね》をする。

「トンボはもともと空を飛ぶだろう！」

「も〜細かいこと言わない。まったく、トゥルーデったら頭の中まで筋肉なうえに、乳酸でカッチカチなんだから」

「だ、誰《だれ》が頭の中まで筋肉だ！」

バルクホルンはザバッと立ち上がった。

「貴っ様！　もう我慢《がまん》も限界だ！　今日こそは許さん！」

本人は自覚してないが、『もう我慢も限界だ』は、バルクホルンが一日に三回はハルトマンに向かって吐く決まり文句である。

「やばっ！」

ハルトマンはいきなり潜水《せんすい》したかと思うと、ハイデマリーの二つの巨乳《きょにゅう》の間からにゅっと頭を出した。

「きゃっ！」

「必殺、分身の術〜っ！」

胸と胸の間に頭を押し付けながら、ハルトマンは不敵に笑う。

「ふふふ、どれが本当の私の頭か分かるまい？」

確かに。

大きさだけを見れば、大して変わらない。

「分からいでかっ！」

バルクホルンは、ベチ〜ンと平手打ちを食《く》らわした。

だが。

「あ」

……手に残る感触《かんしょく》が、妙《みょう》に柔《やわ》らかい感じだ。

「い、痛いです」

ハイデマリーは、涙目《なみだめ》でバルクホルンを見た。

どうやら、叩《たた》いたのはハイデマリーの右の胸だったようだ。

「…………すまない」

真っ赤になるバルクホルン。

「や〜い、本気で間違えた〜！」

ハルトマンはハイデマリーの背中に回り、大爆笑《ばくしょう》した。

「くっ！　元はと言えば貴様が！」

バシャバシャとお湯を蹴立《けた》て、二人は追いかけっこを始める。

「……いいなあ、サーニャさん」

ハイデマリーは、それはそれは小さいサーニャの胸を思い浮かべ、鼻までお湯に浸かるとコポコポと泡《あわ》を立てた。

＊　　＊　　＊

そんな浴場での騒《さわ》ぎをよそに。

「……何故《なぜ》？」

執務室《しつむ》のミーナは、机に広げた地図をじっと凝視《ぎょうし》していた。

今回の変形ネウロイ、出現場所も問題だが、カールスラント最強のナイトウィッチと呼ばれるハイデマリーにさえ、至近距離《きょり》に近づくまで察知されなかったことも気にかかる。

「杞憂《きゆう》に過ぎない、と笑われるかも知れないけれど」

ミーナは受話器を取り上げ、司令部直通のダイヤルを回した。


『何かあったのか？』

深夜ではあったが、ミーナの電話はすぐにアドルフィーネ・ガランド少将に取り次がれた。

元気そうな声からは、寝《ね》ていた様子は感じ取れない。恐《おそ》らく、まだ執務室に残って書類整理をしていたのだろう。

「何かあってからでは間に合わないと思うから、こうしてお電話を差し上げたんです」

ミーナはそう言うと、状況《じょうきょう》を説明した。

「――ですから、旧501のメンバーをいつでも集められるように遊軍扱《あつか》いにして欲しいんですけど」

『それは難しいな。退役《たいえき》した宮藤《みやふじ》少尉は別としても、残りのメンバーは精鋭揃《せいえいぞろ》い。各国軍が簡単に手放すとは思えないが？』

ガランドはできないとは言わずに、難しいと言った。

つまりは、やってくれるということだ。

「そこは将軍の政治力に期待してます」

『……やれやれ』

電話の向こうで首を振《ふ》るガランドの姿が見えるようである。

『ただでは動かんぞ。下準備が要《い》る』

「………」

要は協力しろと言っているのだ。

前にもミーナは、ロンドンで政治家や上流階級の人々を前に歌わされたことがある。まあ、四、五十人を前にした小規模なリサイタルなら、やる覚悟《かくご》はできている。

だが。

『たまたま、ヴェネツィアのフェニーチェ劇場で、欧州《おうしゅう》復興プロジェクトのチャリティー・コンサートが企画《きかく》されている。あのヴィルケ中佐《ちゅうさ》が歌うとなれば、チャーチル首相をはじめ、各国の首脳は大喜びだろうな』

「フェ、フェニーチェ！」

ミーナの顔が真っ青になった。

「無理です！　あんな由緒《ゆいしょ》ある劇場で歌うなんて！」

『日程は決定済みだ。ポスターに写真と名前を入れさせてもらうぞ』

「そ、そんな勝手な！」

『前売り券はすでに完売だそうだ』

「どうして完璧《かんぺき》に手筈《てはず》が整っているんです？」

『ネウロイの動きに気になるところがあるのだろう？　こちらもそのくらいは掌握《しょうあく》済みだ』

「最初からこちらの要求を呑《の》んでくれる気なら、条件などつけずにそうしてください」

ミーナは愚痴《ぐち》のひとつもこぼしたくなる。

『言っただろう、下準備が要る、と』

「あ、あなたという人は……！」

『それで５０１が手元に置いておけるなら安いもの。そうだろう？』

ガランドはクスリと笑うと、電話を切った。

＊　　＊　　＊

オラーシャ・ペテルスブルグ第502統合戦闘《せんとう》航空団基地

「え～、飛べない～？」

そう聞かされたエイラは、不満そうに唇《くちびる》を尖《とが》らせた。

「……飛べないんですか？」

エイラと違《ちが》い、至って冷静なサーニャが確認《かくにん》する。

「ええ。残念ですけど、ウラルの向こうは現在、飛行禁止になっているんです」

第502統合戦闘航空団『ブレイブウィッチーズ』のアレクサンドラ・I・ポクルイーシキン大尉《たいい》、通称《つうしょう》サーシャは、サーニャに向かって済まなそうに頷いた。

「あなたたちお二人が優秀《ゆうしゅう》なウィッチであることは理解していますが、それでも命令ですので」

「ん～、困ったな～。せっかくサーニャの家族を捜《さが》しにいこうと思ってたのに～」

エイラは頭を掻《か》く。

「エイラ、仕方ないよ」

本来なら困るのは自分であるはずのサーニャが宥《なだ》めた。

「けど、ここまで来て足止めだぞ？」

「あの、しばらくこの基地で待ってみてはどうでしょう？　情勢は刻々と変化していますから、飛行禁止令も解かれる可能性があるはずです」

サーシャが提案する。

「……なこと言って、サーニャを夜間哨戒《しょうかい》にこき使う気だろ？」

エイラは頭の後ろで手を組んで、プイと横を向く。

「もう、エイラったら」

恥《は》ずかしそうに頬《ほお》を赤らめるサーニャ。

「もちろん、ご協力していただければ、こちらとしても助かります」

サーシャはサーニャに微笑《ほほえ》みかけた。

二人が加わってくれれば、とにもかくにも、隊全体のストライカーユニットの損耗率《そんもう》――あくまでも率である――が下がり、補給の人間に白い目で見られないで済む。

何しろ、このブレイク、いや、ブレイブウィッチーズには、ストライカーユニットを一回こっきりの使い捨てだと思っているか、少なくともそう思っているように見えるウィッチが多過ぎるのだ。

「こら～！　さっきからサーニャのほうばっか見て話すんな～っ！」

エイラは二人の間に割り込むと、サーシャを睨《にら》んだ。

「ですが、ユーティライネン中尉《ちゅうい》には、リトヴャク中尉の命令に従うようにという指示が出ているはずです。先任の方と話すのが筋だと思いますが？」

サーシャは当然といった顔である。

「ぐぐっ！」

サーニャの命令に従うように、という命令が司令部から出ているのは確かなので、エイラは反論できない。

「……あの、私でよければ、喜んでお手伝いさせてもらいます」

サーニャはサーシャにそう言うと、エイラの方を見る。

「それでいい、エイラ？」

「……いい」

エイラはしぶしぶ同意した。

*　　*　　*

さて、また舞台《ぶたい》は扶桑へと移り。

ここは皇国海軍の誇《ほこ》る軍港、横須賀《よこすか》。

コンクリートと鋼鉄で構成されたその要害も、一歩外に出て、坂道をほんの十数分歩けば、そこは長閑《のどか》な山村。

つまりは田舎《いなか》である。

「芳佳ちゃ～ん、どこ行ったの～？」

今、その田舎の里山の中腹の山道に、とぼとぼと心許《こころもと》なげにひとりで歩く山川《やまかわ》美千子《みちこ》の姿があった。

「芳佳ちゃ～ん？」

美千子は診療所《しんりようじよ》で使う薬草を採るために芳佳と一緒《いつしよ》に里山に入り、途中《とちゆう》で逸《はぐ》れてしまったのだ。

何も考えていない芳佳と、ちょっと人より鈍《にぶ》い美千子。

どっちがどちらから逸れたのかは、定《さだ》かではない。

とにかく、見通しが悪い山道のこと。いったん逸れてしまうと、なかなか見つからないのだ。

だが。

しばらくすると、美千子の呼び声に応《こた》えるかのように、草の葉が擦《こす》れ合うような音が聞こえてきた。

美千子はホッとしたように、音のほうを振り返る。

と。

ぬっ！

顔を出したのは熊《くま》だった。

「きゃあああああああああっ！」

美千子はすくみ、可愛《かわい》らしい悲鳴を上げる。

だが。

「みっちゃん」

熊の背中には、芳佳の姿があった。

美千子のように髪《かみ》が長くないので、男の子のように見えなくもない。

熊にまたがると、まるで金太郎《きんたろう》のよう。

いや、金太郎そのものだ。

「え？」

美千子はその金太郎が従姉妹《いとこ》であることに気がつき、ポカンとした顔になる。

芳佳はニコッと笑うと熊の背中をポンポン叩《たた》き、美千子に一緒に乗るように促《うなが》した。

熊にまたがり山を下りながら、美千子は思い出していた。

「……この子、去年助けてあげたあの熊だよね？」

この熊、前に怪我《けが》をしていたところを、芳佳が魔法《まほう》力を使って手当てをしてあげた小熊だったのだ。

「うん。大きくなったよね～」

芳佳は頷《うなず》く。

「芳佳ちゃん、勉強できてる？　志望校、帝都《ていと》女子医学校だよね？」

「う～ん、実はあんまり進んでなくって」

熊が大きくなっただけ、比例して学力アップ、といかないのが現実の厳しさ。

正直、今の成績では、目標校合格は微妙《びみょう》なところだ。

「ずっとネウロイと戦ってたもんね」

美千子は慰《なぐさ》める。

「うん。でも、来春の受験までに、遅《おく》れを取り戻《もど》さないと。絶対に立派なお医者さんになるんだもん！」

欧州《おうしゅう》でウィッチとして戦ってきた期間の分の遅れはなんとか取り戻し、成績はむしろいいほうだが、いかんせん、帝都女子医学校は難関である。

それでも、芳佳はあくまでも前向き。

勇気、信念、友情……。

あの欧州での戦いのなか、魔法力を使い果たし、もうウィッチとしては戦えなくなったが、失ったものよりも、得たもののほうが遥《はる》かに多かったのだ。

やがて、前方の茂《しげ》みで音がして、また別の熊が姿を現した。

「あ」

「この子のお母さんだね」

二人はすぐに気がついた。

「ありがとう。もうここでいいよ」

芳佳は熊にささやき、背から降りた。

この場所からなら、なんとなく帰り道の見当はつく。

……なんとなく、というのがちょっと心細くはあるが。

恩返しを終えた熊は、迎《むか》えに来ていた母熊と一緒に山奥へと帰ってゆく。

「ばいば～い！」

芳佳と美千子は、手を振《ふ》って二頭を見送った。

さて、薬草採り続行である。

「そうだ、薬草！　オトギリソウ見つけたよ」

熊の姿が消えると、美千子は芳佳を振り返って報告する。

「ああ、それって打ち身とか小さな傷にも効くんだよ。どこどこ？」

と、芳佳がパッと顔を明るくしたその時。

キャンキャンという甲高《かんだか》い仔犬の声が、二人の耳に飛び込んできた。

そちらに目をやると、小川の中州《なかす》に、一匹《びき》の豆柴《まめしば》が取り残されている。

「大変！」

芳佳は川に踏《ふ》み込むと、ぴょんぴょんと石を渡《わた》って中州を目指す。

「気をつけて、芳佳ちゃん！」

美千子は注意したが、止めようとはしない。

芳佳の後先考えない行動力は何人《なんぴと》たりとも抑《おさ》えることは不可能なのだ。

そしてそれは、旧第501統合戦闘航空団の誰《だれ》もが暗黙《あんもく》のうちに認めることでもあった。

(こんなの、坂本《さかもと》さんに見られたら、こら〜っ、またお前は〜、って叱《しか》られるだろうな)

豪放磊落《ごうほうらいらく》なかつての上官の顔を思い出した芳佳の口元に、ほんの少し笑《え》みが浮《う》かぶ。

「ほら、もう大丈夫《だいじょうぶ》だよ」

仔犬を抱《だ》き上げ、戻ろうと振り返ったその時。
つるっ！
「わっ！」
石についていたミズゴケで足が滑《すべ》り、芳佳はそのまま川に落ちた。
「芳佳ちゃん！」
うろたえる美千子。
幸い、芳佳はすぐに水面に顔を出した。
仔犬も無事だ。
「ごめんね。しっかり掴《つか》まってて」
意外と芳佳自身は落ち着いていて、仔犬を頭に乗せて泳ごうとする。
泳ぎはブリタニアで坂本に鍛《きた》えられたせいで、結構自信があるのだ。
が。
前日に降った雨のせいだろうか？　思ったよりも、流れは急だった。
（あわわわわっ！）
芳佳と頭の仔犬は、どんどん下流へとさらわれてゆく。
さらに不味《まず》いことに、その先には滝《たき》がある。

こうなるとそう落ち着いてもいられない。

溺《おぼ》れる者は、藁《わら》をも摑む。

芳佳は中州に引っかかっていた流木にすがったが、ペキッと流木は折れ、芳佳と仔犬はそのまま滝へと落ちてゆく。

「芳佳ちゃん！」

美千子は顔面蒼白《そうはく》、気絶しそうだ。

しかし。

ビュン！

突然《とつぜん》、何かが舞《ま》い降りてきて、落下する芳佳と仔犬をつかむと、そのまま空へと舞い上がった。

「ウィッチ⁉」

宙を見上げる美千子。

「えっ⁉」

芳佳は仔犬を抱きしめたまま目を見張った。

「飛んでる！」

見えない壁《かべ》に押しつけられるようなG。

頬《ほお》に当たる風。

この感覚、久し振りである。

「犬を助けるのも大事ですが、もっと自分の泳ぎの力量を考えなさい」

背中から抱きしめられたまま、見知らぬウィッチは説教した。

「……ご……ごめんなさい」

芳佳はシュンとなる。

「分かればいいんです」

ウィッチは川岸にゆっくりと芳佳を下ろした。

「ありがとうございます！」

芳佳は見知らぬウィッチに頭を下げる。

抱っこされた仔犬も、キャンと鳴いた。

「助かってよかったね」

芳佳はその頭を撫《な》でる。

そこに、普通《ふつう》の子より、ちょ〜っとばかり足の遅《おそ》い美千子が走り寄ってきた。

「芳佳ちゃん、よかった〜」

これを聞いて、ハッとなったのは見知らぬウィッチである。

「よし……か……？」

ダメな子を見るようだったウィッチの目の色が、途端《とたん》に変わった。

「ひょっとして、宮藤芳佳少尉《しょうい》ですか⁉」

「え？　なんで私の名前を？」

芳佳はきょとんとする。

「し、失礼しました！」

ウィッチはピンと背筋を伸《の》ばし、敬礼した。

「私、扶桑海軍兵学校一号生、服部静夏《はっとりしずか》と申します！　わ、私、ずっと宮藤少尉に憧《あこが》れていました！　初飛行で空母赤城《あかぎ》を救い、あの５０１部隊では世界中のスーパーエースと肩《かた》を並べて、ガリアだけじゃなく、ヴェネツィアも救ったなんて、すごく、凄《すご》いです！」

感激が過ぎるのか、言葉がちょっとおかしい。

「あ……そうですか」

静夏の早口に圧倒《あっとう》された芳佳は、そう応じるのがやっとだ。

「宮藤少尉の勇戦奮闘《ふんとう》ぶり、折に触《ふ》れ、坂本少佐《しょうさ》から伺《うかが》っておりました！」

静夏は上ずった声で付け足した。

「え、坂本さん？」

ついさっき、坂本のことを考えたばかりだった芳佳は驚《おどろ》く。

「はい！　本日は宮藤少尉宛《あて》に欧州留学の辞令をお持ちしました！」

直立不動の静夏は、一通の通知を差し出した。

坂本のプレゼントというのは、このことだったのだ。

「欧州？」

「留学!?」

美千子と芳佳は顔を見合わせた。


自宅に戻った頃《ころ》には、もう日が暮れかけ、ヒグラシが鳴いていた。

芳佳の部屋には夕日が差し込み、散らかった勉強机をオレンジ色に照らし出している。

壁には『目指せ、帝都女子医専！』の張り紙。

こうして見渡《みわた》してみると、ごくごく普通の受験生の部屋のようだ。

ただひとつ、違《ちが》っているのは、教科書や参考書の上に、ぽいっと鉄十字章と功五級金鵄《きんし》勲章《くんしょう》が置かれている点。

軍人の誇《ほこ》りたる勲章が、まるで髪留《かみど》めか首飾《くびかざ》りのように投げ出されているこの様子を、かつての戦友、堅物《かたぶつ》のバルクホルンが目の当《ま》たりにしたら、きっと卒倒《そっとう》していたことだろう。

……ハルトマンなら、見つかるとこに置いてあるだけマシじゃん、と言いそうだが。

「芳佳ちゃん、少尉さんになってたんだ～」

美千子は、静夏が宮藤少尉と呼んだことで、初めて芳佳が少尉になっていたことに気がついた。芳佳自身、自分の階級のことなどまったく気にしていないので、これまで二人の会話の中にそんな話題が出ることはなかったのだ。

「うん。坂本さんがロマーニャを解放したご褒美《ほうび》だって」

芳佳は事も無げに言う。

「ご、ご褒美」

まるでペットの犬に与《あた》える骨か、子供のお駄賃《だちん》である。美千子は絶句した。

家の縁側《えんがわ》では、さっきの仔犬がもしゃもしゃと餌《えさ》を食べている。

また隣《となり》の仏間では、先ほどの手紙に芳佳の祖母と母が目を通していた。

そしてその傍《かたわ》らでは、静夏が制帽《せいぼう》を脇《わき》に置き、きっちりとした姿勢で正座している。

「……そうですか。芳佳が欧州の医学校に留学ねえ」

通知から顔を上げた祖母が静夏を見た。

「はい。私が随行《ずいこう》員として同行するよう仰《おお》せつかりました」

静夏は胸を張り、誇らしげに答える。

最初は、思い描《えが》いていた姿とずいぶん違う芳佳の様子に衝撃《しょうげき》を受けたものの、能ある鷹《たか》は爪《つめ》を隠《かく》すとはこのことなのだと静夏は勝手に解釈《かいしゃく》し、さらに尊敬の度合いを深めたのだ。

「芳佳はどうしたいの？」

母がふすま越《ご》しに芳佳に声をかけた。

「ウ～ん。……でも、なんで突然欧州《おうしゅう》に？」

ヒョイと顔を出した芳佳は静夏に尋《たず》ねる。

「はい。ヘルウェティアの医学校は、来月が新学期なんですが、宮藤少尉が医学部志望と聞いて、招聘《しょうへい》したいと連絡《れんらく》してきたそうです」

それも坂本の尽力《じんりょく》があってのことなのだが、静夏は事情を知らない。

「わ～、芳佳ちゃん、ヘルウェティアって医学の最先端《さいせんたん》の国だよ」

話を聞いて飛び上がりそうになって喜んだのは美千子。

「え、そうなの？」

芳佳自身はいまいちピンと来ない顔だ。

「はい。欧州三大医学校のひとつです」

静夏が説明した。

「へえ～…………………私、留学する！」

後先考えない無類の決断力が、ここでも発揮された。

「そんなに簡単に決めていいの？」

母は心配そうに娘《むすめ》を見る。

どれほど娘を信頼《しんらい》していても、母は母。

送り出すのは不安なものだ。

「うん！　やっぱり最先端の医学を勉強したいもん！」

嬉《うれ》しそうな芳佳の顔を見て、背中を押したのは祖母だった。

「よし、行っておいで」

芳佳の決断力はこの祖母譲《ゆず》りである。

「その代わり、ちゃんと勉強して西洋の新しい医学を身につけて帰って来るんだよ」

「うん！　約束する！」

芳佳の心は、すでに欧州へと飛んでいた。

＊　　＊　　＊

翌八月三日。

宮藤芳佳と服部静夏の姿は、空母天城の上にあった。

「みんな～、元気でね～！」

見送りに来た家族や美千子に向かって、芳佳は手を振《ふ》った。

「身体に気をつけるのよ！」

「しっかりやってきな！」

と、母と祖母。

「芳佳ちゃん、がんばって！　いってらっしゃ～い！」

芳佳を見送るのがこれで三回目となる美千子が、一生懸命《けんめい》手を振り返す。

（今度は自分のために。しっかりね、芳佳ちゃん）

汽笛が鳴り響《ひび》き、天城は横須賀を後にした。

第三章 CHAPTER 3

迫る影

STRIKE WITCHES THE MOVIE
Shimada Humikane & Projekt Kagonish

ヴェネツィア・ルチーア駅構内

ネウロイの残した爪痕《つめあと》からの復興に沸《わ》く、海の都ヴェネツィア。

海岸線から三キロほどのところに浮《う》かぶこの街は、流水を渡《わた》れぬ怪異《かいい》の襲撃《しゅうげき》から逃《のが》れようとした人々が、到底《とうてい》人が住めるとは思えない湿地《しっち》帯に無数の杭《くい》を打ち込み、その上に土を盛って築いたもの。百二十ほどの人工島を橋で結んで造られている。

その水の都と本土を結ぶ鉄道の終着点、ルチーア駅は、今日はいっそう華《はな》やかに彩《いろど》られていた。

だが、駅のプラットフォームの一角に立つ三人の少女、第５０４統合戦闘《せんとう》航空団『アルダーウィッチーズ』に属し、ロマーニャ公直轄部隊、通称《つうしょう》赤ズボン隊の出身としても知られる彼女たちの顔には、普段滅多《ふだんめった》に見られない緊張《きんちょう》の色があった。

「う～、まだかしら？」

集まった群集や名士たちを見渡して、一番落ち着かない様子なのは、フェル隊長と呼ばれるフェルナンディア・マルヴェッツィ中尉《ちゅうい》。

「予定では、十三分十秒前に到着《とうちゃく》していることになっています」

その隣《となり》で、冷静に告げるのは、ルチアナ・マッツェイ少尉である。

「焦《あせ》んない、焦んない。ロマーニャの列車が、ダイヤ通りに運行するわけないって」

マルチナ・クレスピ曹長《そうちょう》は、頭の後ろで手を組みながらお気楽な調子で言うが、それでもいつもよりはテンションが低めだ。

「殿下《でんか》のお召《め》し列車なのよ？　それが遅《おく》れるってどういうこと？」

フェルは眉《まゆ》をひそめる。

三人は今回、ヴェネツィアを訪問されるロマーニャ公国第一公女、マリア・ピア・ディ・ロマーニャ殿下の護衛任務を仰せつかっていたのだ。

今まで、こうした任務には、人相だけ見ればマフィアのような侍従《じじゅう》たちが当たることになっていたのだが、その侍従たちがあろうことか、とあるウィッチひとりにこてんぱんにされ、目の前から公女をかっ攫《さら》われるという一大スキャンダルが発生したため、フェルたちにお鉢《はち》が回ってきたのである。

「あ、来ました」

ルチアナが、ひょいと首を伸《の》ばして線路の先のほうを見ながら言った。

「よかった〜」

と、フェルはようやく肩《かた》の緊張を解く。

オリエント急行で使われているのと同型の豪華車両《プルマン》であるお召し列車は、汽笛を鳴らしながらヴェネツィア駅に入ってくると、赤絨毯《じゅうたん》が敷《し》かれた位置にピタリと停止した。

軍楽隊の演奏が始まると同時に扉《とびら》が開き、ここまでの警護を担当した御付《おつ》きの者たちに挟《はさ》まれた形でマリア公女が姿を現した。

各新聞社のカメラマンたちが一斉《いっせい》にフラッシュを焚《た》くが、マリア公女は慣れているのか、慈愛《じあい》に満ちた笑《え》みを周囲に振りまく。

その間にフェルたちは御付きの者たちと交代し、マリア警護の任に就《つ》く。

三人が油断なく目を配るなか、幼い少女が進み出て花束贈呈《ぞうてい》。

さらに正装した議員や有力者たちが、代わる代わるマリアの手に口付けした。

演台の前に立ったマリアがスピーチを始めると、またフラッシュが焚かれる。

「ねえ、この後の予定って、どうなってんの？」

マルチナが小声でルチアナに尋ねた。

「十三時からアカデミア博物館の見学。十四時二十五分よりドゥカーレ宮殿《きゅうでん》見学。十五時三十五分より、サンマルコ大聖堂見学、となっていましたが、すでに十八分のビハインドです」

この日のために綿密な警備計画を練っていたルチアナは、少し残念そうだ。

「……胃が痛くなるわね」

フェルは二つの胸のやや下に手をやる。

と、そのとき。

「ニッキニ〜ン！」

素《す》っ頓狂《とんきょう》な奇声《きせい》が聞こえたかと思うと、二つの人影《ひとかげ》が急降下してきてマリア公女の前に降り立った。

「敵⁉」

「テロリストか！」

フェルとマルチナが、咄嗟《とっさ》にその人影に拳銃《けんじゅう》を抜《ぬ》く。

一瞬《いっしゅん》、騒然《そうぜん》となる人々。

だが。

「……違《ちが》います」

ルチアナが冷静に二人を制した。

「シャーロット・E・イェーガー大尉《たいい》と――」

「よっ！」

ルチアナが名前を口にすると、風に髪《かみ》をなびかせたシャーリーは白い歯を見せる。

「――ルッキーニさんです」

「にひひひひ～！」

ルッキーニはストライカーユニットを脱《ぬ》ぎ捨て、腰《こし》に手を当てて胸を張った。

「ちょっと！」

突然《とつぜん》の二人の登場に、フェルは銃を下ろしてシャーリーに駆《か》け寄ると、顔をグッと寄せて問いつめる。

「あなたたち、どうしてここに!?」

「いやあ、休暇《きゅうか》なもんで、バイクでロマーニャ巡《めぐ》りと洒落《しゃれ》込んでたんだけど、なんか突然、司令部経由でマリア公女から連絡があってさあ」

シャーリーは屈託《くったく》のない笑顔をフェルに向けた。

「んとね、前にマリアと約束してたんだよ～、今度、ヴェネツィアを案内するって」

ツインテールを跳《は》ねさせて、ルッキーニが説明する。

「ま、暇《ひま》だったし」

シャーリーは肩をすくめてあたりを見渡《みわた》すと、ようやくその華々《はなばな》しい様子に気がついた。

「……で、何これ？　あたしたちの歓迎会《かんげいかい》？」

「なわけないでしょ！　マリア殿下の、ヴェネツィア御訪問記念式典の真っ最中なの！」

「にひひひ～」

ルッキーニは報道陣《じん》に向かってVサインをする。

「あちゃ～、それはちょっとまずかったかな？」

カメラが自分たちに向けられるなか、シャーリーは苦笑いして頭を掻《か》いた。

「あんたたちね！」

フェルの声が裏返る。

と、そこに。

「あの～、いけなかったでしょうか？」

マリア公女が進み出て、おずおずとフェルに聞いた。

「い、いえ！」

フェルはピシッと背筋を伸ばす。

「とんでもありません、殿下のご友人なら大歓迎です！」

マリアにはそう応じながらも、シャーリーとルッキーニに向けられたフェルの視線は、後で覚えてらっしゃい、と語っていた。

「も〜、難しい話はいいから！　マリア、遊ぼ！」

ルッキーニはマリアの腕《うで》を取った。

「はい、そうですね！」

マリアは唖然《あぜん》とする関係者一同に会釈《えしやく》すると、一緒《いつしよ》に船着場の方に向かって歩きながら明るい顔で頷《うなず》く。

「こ、この後のスケジュールが」

と、予定表を取り出して修正を書き入れるルチアナ。

「ま、こうなったら、なるようになれだって」

マルチナは額に手を当てる。

「それでは、どこに参りましょうか？」

マリアは親しげにルッキーニに尋《たず》ねた。

こうして並ぶ姿が絵になるのか、カメラマンが群がる。

「えっとね、ムラーノ島！　あそこね、すごいんだよ！　キラキラのコップとか、作ってるの！」

と、ルッキーニ。

「最高級工芸品のヴェネツィアングラスを……コップ」

ルチアナは絶句した。

「そのムラーノ島は遠いのですか？」

「ううん、ストライカーユニットならひとっ飛びだけど――」

そう言いかけたところで、ルッキーニは気がつく。

「せっかくヴェネツィアに来たんなら、船のほうがいいよ」

「じゃあ、あたしがこのゴンドラを借りて――」

シャーリーは、手近にあった無人のゴンドラに飛び乗ろうとする。

「……ルチアナ」

「はい！」

フェル隊長の目配せで、ルチアナが背後から羽交《はが》い締《じ》めにした。

体格がよく、バルクホルンに負けない怪力《かいりき》のルチアナが相手では、シャーリーも分が悪い。

「隊長、蒸気船《ヴァポレット》の手配をされては？」

「オーケーオーケー、名案ね」

「ちょっ！　なんでだよ⁉」

完全に動きを封《ふう》じられたシャーリーは、フェルに抗議《こうぎ》する。

「殿下をあなたの暴走ゴンドラに乗せられるわけがないでしょ⁉」

至極《しごく》、当然の判断だった。


一行を乗せた蒸気船はカナル・グランデからカンナレージョ地区の細い運河《リオ》を経由し、墓地となっているミケーレ島を右手に見ながら北東に進むと、七つの小島を橋で繋《つな》いだムラーノ島に到着した。

ムラーノ島は、有名なヴェネツィアングラスの生産地。十三世紀、腕のいい職人を集めて幽閉《ゆうへい》し、技術が他国に流出しないようにしたとされるこの島には、今でも高級工芸品のヴェネツィアングラスを作る多くの工房《こうぼう》が軒《のき》を連ねている。

「おっじさ〜ん！　ガラス細工作るとこ見せて〜」

ルッキーニは近くの工房に飛び込むと、作業をしていた親方《マエストロ》に声をかけた。

「おうよ！　見ていきな！」

親方は気軽に許した。

「……親方とルッキーニさん、お知り合い？」

ルチアナがシャーリーに聞く。

「たぶん違うぞ」

と、シャーリー。

誰《だれ》とでも旧知の仲のように振《ふ》る舞《ま》えるのが、ルッキーニのいいところなのだ。

「ほら、ここをこう持って。息を吹《ふ》き込みな」

親方はマリアとルッキーニに、飴《あめ》のようになったガラスを先端《せんたん》につけた筒《つつ》を握《にぎ》らせた。

これを型に入れて膨《ふく》らませ、花瓶《かびん》やグラスを作ってゆくのだ。

だが。

プク〜……パンッ！

力いっぱい息を吹き込み過ぎて、ルッキーニのガラスはシャボン玉のようにはじけた。

七色に光るガラスの細かい薄片《はくへん》がフワフワと宙を舞《ま》う。

「やっちった〜」

ニシシッと笑うルッキーニ。

「だ〜っ！　やっちったじゃないだろ！　お前、最初からうまく作る気ゼロだろ！」

髪をガラス片だらけにしたマルチナが怒《ど》鳴《な》った。

「きれいです。光の紙ふぶきのよう……」

そう感心したように呟《つぶや》いたマリアは、自分もやってみる。

「おお！　上手《うま》いな、嬢《じょう》ちゃん！」

親方が笑ってマリアの肩《かた》を叩《たた》いた。

上手いは言い過ぎかも知れないが、とにもかくにも、形になっている。

親方はそれに手を加え、小さな赤いベルを作ると、十分に冷えてからマリアに手渡《てわた》した。

「ほらよ、あんたが作ったもんだ」

「……まあ」

マリアは両手の中のベルを愛《いと》しそうに見つめる。

「何かを自分の手で生み出すというのは、素晴《すば》らしいことですね」

「嬢ちゃんなら、いつでも弟子《でし》にしてやるぜ」

マリアが公女だと知らない親方は、その肩に手をかけて目を細めた。

「ありがとうございます」

マリアは満面に笑みを湛《たた》える。

「殿下《でんか》を……ガラス職人にリクルートですか？」

ルチアナの顔から血の気が失《う》せた。

「この石柱は？」

工房の見学を終え、ムラーノ島から本島のサンマルコ広場に戻《もど》ってくると、マリア公女は水際《みずぎわ》に立つ巨大《きょだい》な二本の白い石柱を見上げて尋ねた。

「んっと、あれは確か……マンティコア！」

ルッキーニは柱の上のヴェネツィアの象徴《しょうちょう》、有翼獅子《ゆうよくじし》の像を指さして応《こた》える。

「んっとね、すごい怪獣《かいじゅう》なんだよ～」

「まあ、すてき」

と、感心する公女。

「違うだろ！　尻尾《しっぽ》がサソリじゃないだろ！　マンティコアだったら、尻尾サソリだろ！」

二人の後ろで、マルチナが呻《うめ》いた。

「意外とそういうことに詳《くわ》しいんですね？」

ルチアナがチラリとそんなマルチナを見る。

「そこは突《つ》っ込むところじゃない！」

「まあ、いいわ。殿下が満足されているんなら」

フェルは顔を引きつらせながらも、諦《あきら》めムードだ。

「次、大聖堂行こ！」

ルッキーニは恐《おそ》れ多くも、マリア公女の手を引っつかんで走った。


「これ、昔の人が立ってる像！」

「まあ」

「ペトラルキだろ！」

「これ、昔の馬車！」

「まあ」

「クアドリガだ！」

「これ、なんかの衝立《ついたて》！」

「まあ」

「パラ・ドーロだあああああああっ！」

ルッキーニが大聖堂に所蔵された美術品（ほとんどが戦利品）を適当に解説し、マリアが感心し、マルチナが突っ込むというパターンが続く。

その様子を、ついて回っている報道陣《じん》がカメラに収める。

「フェル隊長、今回の警備計画はロープロファイルなので、あまり目立っては――」

「もう、なるようにしかならないわよ」

ルチアナが眉《まゆ》をひそめるが、フェルはもう、力なく笑うだけだ。

フェルはたいてい、暴走を抑《おさ》えるほうではなく暴走するほうなのだが、ルッキーニとマルチナの強力なタッグ？の前ではさすがに為《な》す術《すべ》がない。

「フェル」

そんなフェルの肩に、シャーリーは同情するように手を置く。

「安心しろ。何かあったら、すべての責任を負うのはあんただ」

全然、安心できなかった。


「あとね、これが鼻息の橋！」

「溜息《ためいき》の橋だ〜っ！」

「そ〜とも言う」

「そうとしか言わない！」

日暮れ近くなり、ドゥカーレ宮殿《きゅうでん》と旧牢獄《ろうごく》を結ぶ橋の上で立ち止まったルッキーニとマルチナは、ボケと突っ込みの見事な呼吸を見せながら解説した。

「えと、この橋の上で、偉《えら》い人がピザを落として溜息をついたから溜息の橋なんだよね？」

なんだって！」

「違《ちが》～う！　監獄《かんごく》に入れられる囚人《しゅうじん》が、最後にヴェネツィアの風景を拝める場所だから

「確かに、溜息の出る美しさです」

マリアは、橋の窓から黄金色に輝《かがや》く海に視線を向けて頷《うなず》く。

「……この光景を再び見られるようになったのは、皆《みな》さんのお陰《かげ》なのですね」

「あ、あの」

マルチナの頰《ほお》を赤く染めたのは、夕日だけではなかった。

カンツォーネを聞きながら場末のピッツェリアで食事を取った後。

マリア公女が今夜お泊《と》まりになるのは、最高級ホテル、ダニエリだった。

かつて多くの総督《そうとく》を輩出《はいしゅつ》した有力貴族ダンドーロ家の旧邸《きゅうてい》である。

「まあ、シンプルですてきなお部屋ですね」

ホテルに到着《とうちゃく》し、部屋に案内されたマリアは手を合わせて周囲を見渡《みわた》し、目を細める。

「シ、シンプル？」

「ロイヤルスイートが……」

マルチナとルチアナが絶句する。

「あ、あのですね、殿下」

フェルはおそるおそる説明する。

「ここが本日、殿下がお泊まりになるお部屋なんです」

「………すばらしいですっ！」

マリアは瞳《ひとみ》をキラキラさせて一同を振《ふ》り返った。

「数日間のこととはいえ、民人のみなさんと同じ部屋で暮らせるなんて！」

「あ、ええまあ」

フェルは曖昧《あいまい》に頷く。

「マリア、楽しそ～」

ルッキーニも自分のことのように笑った。

「……殿下は本気？」

マルチナがルチアナにこっそりと尋《たず》ねる。

「冗談《じょうだん》を言われる方には見えませんが？」

「うん、見えない」

シンプルとマリアには表現されたロイヤルスイートだが、一般《いっぱん》人の目から見れば宮殿の一室と比べても遜色《そんしょく》ない。

シャーリーは、リベリオンで買えば数万ドルはするだろうルネッサンス期の家具類に目を見張る。

「すごいな」

だが、そんなことなど一向に気にせず——。

「そ～れ、どっか～ん！」

と、天蓋《てんがい》付きのベッドに飛び込んだのはもちろん、ルッキーニだった。

「マリア、マリア！　今日はここで一緒《いっしょ》に寝《ね》るんだよね？」

「はい、そうしましょう」

「…………」

ルチアナは警備計画表を四つ折りにすると、ゴミ箱に捨てた。

「そ、それでは、我々は隣《となり》の部屋に控《ひか》えておりますので」

部屋の周辺は、三人が交代で見張ることになっている。

フェルは一礼し、マルチナとルチアナを連れて部屋を辞そうとする。

「あ、待ってください」

そんな三人の背中に、マリアは声をかけた。

「今夜はあなた方も一緒に泊《と》まりましょう」

「え、いいの!?……って！」

と、喜んで誘《さそ》いに乗ろうとするマルチナの脛《すね》を、フェルが蹴飛《けと》ばす。

「いえ、我々には警備の任務がありますので」

「同じ部屋にいたって、警備できるだろ？」

そう言ったのはシャーリーだ。

「あ、いや、でも……」

本当は、フェルも泊まりたい。

こんなロイヤルスイートに泊まれる機会は、ウィッチといえどもなかなかあることではない。

「……隊長、これは殿下の命令です」

ルチアナも泊まりたいのか、悪魔《あくま》のような助言をする。

「そ、そこまで殿下が仰《おつしや》るのなら」

フェルは誘惑《ゆうわく》に簡単に負けた。

すると。

「やったね！」

ベッドの上で飛び跳《は》ねていたルッキーニがそう言うなり、いきなりマリアに枕《まくら》をぶつけた。

「それ、枕投げぇ～っ！」

ぼふっ！

「きゃ！」

胸で枕を受け止めたマリアは面食《めんく》らう。

「で、で、で、で、殿下になんてことを！」

「この阿呆《あほう》ツインテール！」

「始末書ものです！」

マリア以上に面食らうマルチナたち。

だが、ルッキーニはマリアに笑いかける。

「これがね、みんなでお泊まりするときの定番の遊びなんだよ～！」

「そうですか、これが庶民《しょみん》の方々の！」

マリアも枕を拾い上げると、ルッキーニに投げ返した。

枕は狙《ねら》いをそれて、フェルの顔面に命中する。

「もうどうだっていいわよ！」

やけくそになったフェルは、その枕をシャーリーに。

「おっと！」

見事にキャッチしたシャーリーは、それを今度はマルチナの後頭部に叩《たた》きつける。

「……弾薬《だんやく》補給」

ルチアナが身を伏《ふ》せて移動し、クローゼットから予備の枕を引っ張り出す。

「当たれ！」

「させるか！」

「隊長命令よ！　ルッキーニを集中攻撃《こうげき》！」

「ルッキーニさん、加勢します！」

「反撃だ！」

「にゃはははははははははははっ！」

こうして。

笑い声と枕が飛び交《か》うなか、ヴェネツィアの夜はゆっくりと更《ふ》けていった。

楽しい時間は短いもの。

翌朝、マリア公女はホテルを発《た》つと、ルッキーニやシャーリー、赤ズボン隊に囲まれて、蒸気船で駅に向かった。

「そか。もう帰っちゃうんだ」

ポポポポッという音を立てて進む蒸気船に揺《ゆ》られながら、ルッキーニはマリアを見る。

「はい。またいつか、遊びましょうね」

駅前の桟橋《さんばし》に着くと、マリアは名残惜《なごりお》しそうにため息をつき、ルッキーニと手をつなぎながら船から降りた。

ルチーア駅まで進むと、大勢の市民や関係者が見送りのために集まっている。

ほんの短い時間の滞在《たいざい》だったが、マリアは多くのヴェネツィアの人々に復興の喜びを味わわせていたのだ。

「うん！　今度はミラノにする!?」

ツインテールを躍《おど》らせたルッキーニの瞳は、報道陣のフラッシュを浴びて悪戯《いたずら》っぽく輝く。

「それはいいですね！」

マリアは両手を胸に当て、ほんの少し頭を傾《かたむ》けて微笑《ほほえ》みを返した。

「では、皆さんもごきげんよう」

名残惜しいが、出発の時間が迫《せま》っている。

マリアはヴェネツィア市民が見守るなか、赤ズボン隊やシャーリーにもスカートを摘《つま》んで一礼し、赤絨毯《じゅうたん》の上を進んで列車に乗り込む。

「殿下《でんか》に敬礼！」

最後だけはしっかりと決める赤ズボン隊の三人。

マリアは席に着くと、まわりの者が止めようとするのを制して大きく窓を開けた。

お召《め》し列車はゆっくりと走り出し、ヴェネツィアを後にしてローマへと向かう。

「さようなら〜！」

窓から身を乗り出したマリア公女は、いつまでも手を振り続けていた。

＊　　＊　　＊

「は〜、疲《つか》れたわ」

ようやく任務が終了《しゅうりょう》し、フェルは安堵《あんど》のため息を漏《も》らした。

「一か月かけた警備計画が……」

ルチアナがボソリと言う。

「じゃあさ、後始末ぐらい手伝って——」

と、マルチナが、シャーリーとルッキーニのほうを振り返ったその瞬間《しゅんかん》。

「じゃあ、またな！」

ビュン！

シャーリーはルッキーニを脇《わき》に抱《かか》え、姿を消した。

「……さすが、ウィッチ最速の記録保持者」

ルチアナはその去り際《ぎわ》の見事さに、思わず称賛《しょうさん》の表情を浮《う》かべる。

「いや、今のはそういうの関係ないから」

いちおう、ここは突《つ》っ込んでおくマルチナだった。


「いや〜、危《あや》うく面倒《めんどう》なこと押しつけられるとこだったなあ」

一時間ほどあとに。

借りたゴンドラを漕《こ》ぐシャーリーは、苦笑いして修復中の鐘楼《しょうろう》を見上げていた。

「このあたりもずいぶんと復興したなあ」

「そだね〜」

と、同意したのはもちろんルッキーニだ。

「大鐘楼もあとちょっと。街のシンボルだから、早く直るといいな〜」

二人がふと、大運河の奥の方に目を遣《や》ると、そこには多くのゴンドラが何かの準備をしている光景があった。

「あ～、レガタ・ストリカだ！」

ルッキーニが瞳《ひとみ》をキラキラさせて身を乗り出す。

「レガタ？　なんだ、それ？」

シャーリーの方はあまり関心がない様子だ。

だが。

「来週から始まるゴンドラのスピードレースだよ」

「スピードレース？」

ルッキーニが説明した瞬間、目の色が変わった。

スピード。

それこそは、シャーリーが高みを求めて止《や》まないもの。

シャーリーの生きがい。

シャーリーの存在意義。

シャーリーのすべて。

それこそがスピードなのだ。

一方。

フェルたち三人は、護衛任務を全《まっと》うしたご褒美《ほうび》として、半日羽を伸《の》ばす時間を貰《もら》っていた。

その半日で何をするかの予定は、ずっと前から決まっている。

レガタ・ストリカのための特訓だ。

彼女たちのゴンドラは、今、連続優勝記録を伸ばすべく、ウォームアップのため軽く川《かわ》面《も》を流していた。

ひとり、真剣《しんけん》に漕いでいるのはルチアナ。

立ってはしゃぐのはマルチナ、座っているのはフェルだ。

「今年は、レガタ・ストリカできないかと思ったよ。ね、フェル隊長？」

「この前までネウロイに占領《せんりよう》されていたからね」

フェルは街並みを見渡《みわた》し、目を細める。

「マルチナ、あんまり暴れないでください」

オールを動かす手を休めずにルチアナが注意する。

さっきからマルチナが動き回るせいで、ゴンドラが安定しないのだ。

もっとも、マルチナが運河に落ちることはまずあり得ない。

小さい頃《ころ》からバレエを習っていて、バランスが異常に、いや、非常にいいのだ。

「ははは、今年も僕らの優勝で決まりだね」

マルチナが笑顔《えがお》で誤魔化《ごまか》している間にも、ルチアナが漕ぐゴンドラはどんどん他の艇《てい》を抜《ぬ》き去ってゆく。

「そうそう、ルチアナはゴンドラ漕がせれば最速なんだから」

と、フェルが惜しみない賛辞を送ったその時。

「最速は私だ！」

ゴンドラの後方から声がした。

「誰《だれ》！」

フェルが振《ふ》り返ると、こちらに猛《もう》接近してくる一艘《そう》のゴンドラが見えた。

漕いでいるのはシャーリー。

「にゃっほ〜い！」

同乗してはしゃいでいるのは、もちろん相棒のルッキーニだ。

「501か！」

シャーリーの顔を確認《かくにん》したとたん、マルチナの心にライヴァル心が燃え上がる。

「シャーリーさんとルッキーニさんです」

根が真面目《まじめ》なルチアナは、ゴンドラを寄せてきた二人に戸惑《とまど》いの表情を向けた。

「じゃじゃ～ん！」

「勝負だ、赤ズボン隊！」

ゴンドラを横付けしたシャーリーは、オールをルチアナに突きつける。

陸であろうと空であろうと水上であろうと、たとえ、マグマの中だろうと宇宙であろうと、我が前を行くものは許すまじ。

シャーリーが己《おのれ》に課しているのは、人類最速の称号《しょうごう》である。

これに即《そく》反応したのが、フェルとマルチナだ。

「何っ⁉」

「望むところだ～！」

「え～、なんでいつもそうなるんですか～？」

挑戦《ちょうせん》された当のルチアナは頭を抱える。

「ゴールはリアルト橋だ～！」

ルッキーニが宣言した。白い巨象《きょぞう》とも呼ばれるリアルト橋は、ヴェネツィアの中心にある十六世紀に建造された観光名所のひとつである。

「ルチアナ、やっちゃいなさい！」

フェルが命じる。となると、これは隊長命令である。律儀《りちぎ》なルチアナは、命令に抗《こう》することはできない。

「い、行きます」

もはや、ルチアナの意思とは関係なく、事態はどんどん進んでゆく。

「そうこなくっちゃ！」

スタートと同時に、ルチアナはグンッと加速してシャーリー艇を引き離《はな》した。

「や〜い！　お尻《しり》ペンペン！」

白い波を蹴立《けた》てるゴンドラの後部で、マルチナが挑発《ちょうはつ》する。

「むきぃ〜っ！　シャーリー！」

その挑発に乗ったルッキーニが、シャーリーを急《せ》かした。

「……へえ、なかなかやるじゃないか」

シャーリーはルチアナのオール捌《さば》きに素直《すなお》に感心する。

こうでなくては、倒《たお》しがいがないというものだ。

シャーリーは慌《あわ》てず、徐々《じょじょ》にオールを運ぶ速度を上げていった。

二艇の距離《きょり》はじりじりと詰《つ》まっていく。

「あら、しぶといわね」

すっかり引き離したと思っていたのか、フェルは近づいてくるシャーリーを見てかすかに驚《おどろ》いたような表情になった。

「行け行け、ルチアナ〜！」

マルチナは飛び跳《は》ねて応援《おうえん》するが、ゴンドラが揺《ゆ》れて逆に邪魔《じゃま》だ。

「暴れないでくださ〜い！」

ルチアナは懇願《こんがん》しながら、それでも気合を入れ直す。

その視界の端《はし》に、肉薄《にくはく》するシャーリー艇が映る。

「あ〜！　まずいよ、フェル隊長！　どうしよ⁉」

慌てたマルチナが叫《さけ》んだ。

「ルチアナ！　魔法力発動っ！」

負けるのが悔《くや》しいのか、フェルは命じる。

「ええっ⁉　そんなの反則です！」

ルチアナは悲鳴に近い声を上げた。だが、勝利の二文字しか頭にないフェル隊長にとって、これは公女警備のリベンジであり、ルールなき戦い。

反則を主張することは、まったくの無意味だ。

「隊長命令よ、早くやりなっ——」

フェルはルチアナに這《は》い寄ると、その脇腹《わきばら》をコチョコチョとくすぐった。

「さ〜いっ！」

「ひ、ひ〜っ！」

身をすくませたルチアナの魔法力が弾《はず》みで発動し、グレイハウンドの尻尾《しっぽ》と耳がピョンと飛び出した。ゴンドラはまるで魔道エンジンでも搭載《とうさい》しているかのように急加速して、川面を切り裂《さ》くようにして進む。

「あ〜っ！　ズルしてる！」

ルッキーニは非難の声を上げたが、もちろん、自分が先に思いついていたら同じようにしていたことは間違《まちが》いない。

「あんにゃろ！　そっちがその気なら！」

フェアプレイを旨《むね》とするリベリアンだが、銃《じゅう》は後から抜いた方が正義というのもまたその国民性。

目には目、歯には歯、そして、魔法力には魔法力。

こちらも魔法力を発動させる。

ドンッ！

ゴンドラは超々急加速した。

「行っけえ～！　シャーリー！」

風圧で吹《ふ》き飛ばされそうになりながらも、応援するルッキーニ。

もう、オールもゴンドラも関係ない世界である。

「ずおりゃあああああああああああっ！」

シャーリーのゴンドラは、水面を跳ねるように進んでゆく。

「は、速い！」

これには赤ズボン隊も、目を見張るしかない。

あっという間にルチアナ艇を抜き去ったシャーリーたちは、リアルト橋をくぐった。

「勝った勝った～！」

今度は、ルッキーニがマルチナにお尻ペンペンし返す。

しかし。

「うわ～！　止まんね～っ!!」

「え？」

勢いのつき過ぎたシャーリー艇は、簡単には停止してくれない。

ちょうど通りかかった別の船に激突《げきとつ》し、二人の身体《からだ》は空へと舞《ま》い上がる。

「……飛んだ」

オールを漕《こ》ぐ手を止めたルチアナは、青い空を見上げて呟《つぶや》いた。

数分後。

「いた〜い」

打撲《だぼく》による内出血、平たく言えばたんこぶを頭のてっぺんに作ったルッキーニは瞳《ひとみ》を潤《うる》ませていた。

「大丈夫《だいじょうぶ》か、ルッキーニ？」

「うわ〜、痛そ〜」

シャーリーとマルチナが覗《のぞ》き込んで顔を歪《ゆが》ませる。

「ふうん。これはまた立派なたんこぶねえ」

フェルの声が心なしか冷ややかなのは、レースに負けた悔しさのためだろう。

「フェル隊長、診《み》てあげたらどうですか？」

ルチアナにそう促《うなが》され、フェルはルッキーニの患部《かんぶ》に治癒《ちゆ》魔法をかけた。

「……はあ、特別サービスよ」

好戦的で強引《ごういん》で、どうみても治癒魔法とは無縁《むえん》に見えるフェルだが、これでも養成学校では魔法医学科に編入した経験があるのだ。

とはいえ、その治癒魔法のレベルは決して高くはない。

「うっわ～、むずむずする～」

ルッキーニはくすぐったそうに身をよじった。

「治る時はみんなそうなの。文句言わない」

フェルがぴしゃりと言う。

「だって、芳佳《よしか》のはこんなむずむずしなかったもん！」

ルッキーニは主張した。

「ああ、そういやそうだったな」

それほど治癒魔法の世話になることが多くなかったシャーリーも頷《うなず》く。芳佳の治癒魔法の場合、患部の細胞《さいぼう》再生の速度が著《いちじる》しく速く、痛みを感じさせることはなかった。このむずむずした感覚は、末梢《まっしょう》神経が捉《とら》えた回復時のわずかな痛感の連続なのだ。

「確かに、宮藤《みやふじ》さんクラスの治癒魔法なら、すぐに治ったと思いますが」

なかなか引っ込まないたんこぶを見て、ルチアナまでもが同意した。

「何よ、傷つくわね」

後方で負傷者の治療《ちりょう》に当たるよりも、最前線で戦う方が性《しょう》に合っていると自ら認めるフェルだが、身内のルチアナにまでそう指摘《してき》されると、ちょっと腐《くさ》ったような顔つきを見せる。

「い、いえ、そんなつもりでは」

ルチアナは慌てて弁解する。

「冗談《じょうだん》よ。宮藤ちゃんほどすごい治癒魔法の使い手なんて、そうそういないわ」

フェルは、いつも驚いたような顔をしてドタバタ走り回っていた芳佳の姿を思い出し、吹き出しかけた。

「でもさ」

マルチナがちらりと淋《さび》しげな顔でシャーリーたちを見る。

「こないだのオペレーション・マルスで魔法力を使い果たしたって聞いたけど？」

「…………」

淋しそうな表情が、シャーリーとルッキーニにも伝染した。

「芳佳のおかげで、今年もレガタ・ストリカができるんだよね？」

「あいつ、何してるのかな？」

二人はかつての戦友に思いを馳《は》せる。

その間に、フェルナンディアの治療が終わり、ルッキーニのたんこぶは引っ込んだ。

「お〜、治った、治った」

ニッと笑うマルチナ。

「さすが、フェル隊長です」

ルチアナはルッキーニの頭を覗き込んで確認《かくにん》する。

「まだむずむずする～」

ルッキーニは患部をさすりながら、まだちょっと不満そうである。

「贅沢《ぜいたく》言わない」

フェルはぴしゃりと言った。

「よかったな、ルッキーニ」

シャーリーが笑い、頭を撫《な》でてやったその時。

鳴き声とも、機械音ともつかない独特の音が、ヴェネツィアの空に響《ひび》き渡《わた》った。

「まさか！」

ルチアナが目を上空に向けると、そこには高速で真上を通過する流線型のネウロイの姿があった。

「ネウロイ！」

フェルナンディアの顔つきが、戦士のそれに変わる。

「嘘《うそ》だろ⁉」

「なんで⁉」

「この辺りのは、全部やっつけたはずでしょ⁉」

シャーリーとルッキーニ、それにマルチナは自分たちの目を疑った。

「見張りは何をやってたのよ⁉」

フェルは吐《は》き捨てる。たとえ、ネウロイの接近を許したとしても、ヴェネツィアの上空に現れるまで、誰《だれ》も気づかなかったなどということはあり得ない。

いや、あってはならないことなのだ。

「フェル隊長、基地と交信できません」

他《ほか》のメンバーが驚いている間に、通信機を耳につけ、いち早く連絡《れんらく》を取ろうとしていたルチアナが緊張《きんちょう》した口調でフェルに報告する。

「なんですって⁉」

フェルは息を呑《の》んだ。無線の故障やなんらかの通信妨害《ぼうがい》ならばまだいいが、最悪、基地が奇襲《きしゅう》を受けた可能性も否定できないからだ。

「ルッキーニ！」

「分かった！」

旧501の二人が、赤ズボン隊よりも先に動いた。広場前の船にかけてあったシートを剝《は》ぐと、そこには二人の戦闘脚《ストライカーユニット》が横たわっている。

「あ〜っ！　ストライカーユニット！」

と、マルチナ。

「備えあれば何とかってな？」

シャーリーとルッキーニは、素早《すばや》くストライカーユニットを身につける。

「私たちも行くわよ」

負けじと部下に命じるフェルナンディア。

だが。

「ユニット、持ってきてませんよ」

赤ズボン隊の頭脳、突《つ》っ込み役のルチアナが冷静に指摘した。

警備の任務でストライカーユニットが必要になるとは、想定外だったのだ。

「ムッキ〜ッ！　とにかく行くの！」

せめて武器だけでも。

赤ズボン隊は走った。

シャーリーたちは空に舞い上がると、ネウロイの後を追った。

「ルッキーニ、通信状況《じょうきょう》が悪い。あまり離《はな》れるな」

インカムから雑音しか聞こえてこないことを確認したシャーリーは、先行するルッキーニを制した。どうやら、声が届かない距離《きょり》まで離れるのは得策ではなさそうである。

旋回《せんかい》したルッキーニが、いったんシャーリーのところまで戻《もど》ってきたところで、本土のほうから対空砲火《ほうか》の音が聞こえてきた。

「よ〜し！　行くぞ！」

シャーリーはネウロイの姿を視認すると、速度を上げて急接近する。対空砲火をかいくぐるネウロイは、何かキラキラ光るガラスの破片《はへん》のようなものを撒《ま》き散らしているようだ。

「撃《う》ち方止《や》め！」

「ウィッチだ！」

「ウィッチの援軍《えんぐん》だ！」

地上の砲兵たちはシャーリーたちに気がつくと砲撃《ほうげき》を止め、弾幕《だんまく》に二人を巻き込まないようにする。

シャーリーはトリガーを絞《しぼ》り、ネウロイに銃撃《じゅうげき》を浴びせた。だが着弾は装甲《そうこう》を完全に剝ぎ取るほどではない。

ネウロイは、レース編みで有名なブラーノ島へ向かって降下すると、クレヨンで描《か》かれたような美しい家並みに向けてビームを発射した。

「うにゃあああああっ！」

気合一発！

急降下したルッキーニがビームの射線上に飛び込み、シールドを展開する。

シールドに命中したビームは、地上に被害《ひがい》を与《あた》えることなく跳《は》ね返された。

「いいぞ、ルッキーニ！　海上に誘《さそ》い出せ！」

民家に被害を出さないためにも、シャーリーは戦いの場に海を選ぶ。

「分かった！」

ネウロイの動きを追って銃撃を加えるルッキーニのツインテールが風に躍《おど》った。

シャーリーが超《ちょう》加速で下に回り込んで銃弾を叩《たた》き込むと、ネウロイはこれを嫌《きら》って上《じょう》昇《しょう》し、ブラーノ島から離れてゆく。

胃袋《いぶくろ》の中に鉛《なまり》の玉が入っているような猛烈《もうれつ》なGを感じながら、シャーリーはネウロイの進行方向に先回りした。

(こっちじゃないっての！)

シャーリーは反転し、銃弾を浴びせる。

「うにゃーっ！」

　またもや転進するネウロイの下方からは、今度はルッキーニの攻撃《こうげき》だ。

　ネウロイは次第《しだい》に、シャーリーたちの思惑《おもわく》通り、沖合《おきあ》いへと誘導《ゆうどう》されてゆく。

「よし！　海に出た！」

　ここまで来れば、ヴェネツィアの人々や建造物に被害を与える恐《おそ》れはない。

　シャーリーは周囲を確認してから、ルッキーニに目配せする。

「行くぞ、ルッキーニ！」

「了解《りょうかい》！」

　ルッキーニの照準がネウロイを真ん中に捉える。

「もらった〜っ！」

　だが、トリガーを引いた瞬間《しゅんかん》、ネウロイの姿がふっと視界から消えた。

「にゃ⁉」

　ルッキーニは呆気《あっけ》に取られ、キョロキョロとあたりを見渡《みわた》す。

「下だ、ルッキーニ！」

　シャーリーが怒鳴《どな》った。

「え⁉……いたっ！」

　慌《あわ》てて下を向くと、ネウロイが水面スレスレのところを超低空飛行で離脱《りだつ》しようとしている姿が見えた。

ネウロイは変形し、白い波を蹴立《けた》てて速度を上げる。

「うえっ！」

「変形しやがった！」

このタイプのネウロイは、変形の前後で大きく能力が変わるので、慎重《しんちょう》に対処する必要がある。シャーリーが急降下して真後ろに張りつこうとすると、変形ネウロイは急減速で逆に後ろを取った。

「うにゃ！」

上空からルッキーニが銃弾の雨を降らせて牽制《けんせい》すると、ネウロイは目標をルッキーニに変えて急上昇する。

「うにゃっ！」

ルッキーニがとっさに展開したシールドを、高熱のビームが襲《おそ》う。反転したシャーリーが援護《えんご》するが、ネウロイはまたスライドするように移動してこれをかわすと、ビームで応《おう》酬《しゅう》した。

「こいつ、強いぞ！」

敵機の高速移動能力に素直に敬意を抱《いだ》きつつ、ビームをかわしたシャーリーは後を追う。

ルッキーニも速度を上げ、シャーリーの後に続く。

ネウロイは再び、ヴェネツィア本島に向かって針路を取った。

このままでは復興を遂《と》げつつある本島が危ない。

と、その時。

「お〜い！」

大鐘楼《しょうろう》修復用の足場の上に立つ人物が、本島に急接近するシャーリーたちの注意を引いた。

「!?」

シャーリーが上空を通過しながら下を見ると、マルチナである。

マルチナは両手を振《ふ》り回している。両手で山、または三角を作るジェスチャー。必死に何かを訴《うった》えているようだ。

「なんだ、あれ？」

扶桑《ふそう》の富士山？

芳佳の作るおにぎり？

シャーリーには理解不可能である。

「シャーリー！　あっちあっち！」

マルチナの言わんとするところをすぐに察したのは、同じロマーニャ人のルッキーニだった。

ルッキーニはシャーリーに大運河の先を指し示した。

山形のジェスチャーが示すのは、先ほどゴンドラ・レースのゴールとなったリアルト橋。

マルチナは、そちらに誘い込めと言っているのだ。

「そうか！」

シャーリーもようやく理解すると、ストライカーユニットに魔法《まほう》力を注ぎ込み、急加速してネウロイを追い抜《ぬ》いた。

「へへっ！　私についてこれるか〜！」

シャーリーは挑発《ちょうはつ》し、本土とつながるリベルタ橋側から大運河の上へと、ネウロイを誘導しようとする。

蛇行《だこう》する大運河はシャーリー、ネウロイ、そしてルッキーニが疾走《しっそう》するサーキットとなった。

水面ギリギリのところを高速で飛ぶので、白い波の軌跡《きせき》が運河上に描かれてゆく。

流れに沿って大きく旋回したところで、シャーリーの前方に橋が見えてきた。

「あれか!?　リアルト橋！」

橋の上ではフェルナンディアとルチアナが待ち構えている。

「来ました！」

「作戦通り！」

ビュン！

さらに速度を上げ、シャーリーはその下、ギリギリのところをくぐった。

と、同時に。

ルチアナに両足をつかまれたフェルナンディアが逆さまの姿勢で橋からぶら下がった。

「あんたは通さないわよ！」

フェルナンディアは赤いズボンも顕《あら》わに、橋を守るようにしてシールドを張る。

ネウロイにとってはまさに行き止まり《デッド・エンド》。

超《ちょう》高速で移動していたため、急停止できずにシールドにもろに激突《げきとつ》し、真上に弾《はじ》き飛ばされた。

「行ったわよ！」

フェルナンディアが空を見上げて——実際には俯《うつむ》いて——合図する。

「おりゃっ！」

ルッキーニがここぞとばかりに銃弾を叩き込んだ。

銃弾はネウロイの装甲を貫《つらぬ》き、コアに達する。

ネウロイは橋の真上で花火のように光の粒《つぶ》となった。

「やったーっ！」

快哉《かいさい》を叫《さけ》ぶマルチナ。

「どう？　私の作戦のおかげよ？」

フェルナンディアが胸を張る。

「さすがです、隊長」

ルチアナは素直《すなお》に賞賛の言葉をかけた。

だが。

「………………」

橋の上空で、シャーリーは浮《う》かぬ顔で首を傾《かし》げていた。

「ねえねえ、シャーリー。あのネウロイ、どこに隠《かく》れてたんだろ？」

合流したルッキーニが、まさにシャーリーが考え込んでいたことを口にした。

「ん～。残党にしては、強かったな」

シャーリーは呟《つぶや》く。

変形後のネウロイの、あの機動性。赤ズボン隊がいなければ、ヴェネツィアの被害は甚《じん》大《だい》なものとなっていただろう。

「もういないよね？」

勝利の興奮が冷めたルッキーニは、ちょっと不安になったのか尋《たず》ねる。

「……ならいいんだけどな」

髪《かみ》をなびかせてそう言ったシャーリーの視線の先には、アルプスの峰々《みねみね》があった。

第四章 CHAPTER 4 幻滅

STRIKE WITCHES THE MOVIE
Shimada Humikane & Projekt Kagonish

扶桑《ふそう》皇国空母天城《あまぎ》は、赤銅《しゃくどう》の夕日を浴びながら太平洋を南下していた。

芳佳《よしか》と静夏《しずか》は、天城内に士官用の二人部屋を与《あた》えられている。

芳佳は今、艦内《かんない》の挨拶《あいさつ》回りに行っているところ。

静夏は自分の荷物の整理だ。

軍服やちょっとした私物を、静夏はひとつひとつ丁寧《ていねい》に行李《こうり》に詰《つ》めてゆく。

その私物のひとつに、一冊のスクラップブックがあった。中身は芳佳に関する新聞記事だ。

ページを開くと、英語やイタリア語で書かれた記事が、性格の反映か、丁寧に時系列を追って貼《は》ってある。中には出所の怪《あや》しいうわさに近いものもあるが、ほとんどが軍広報の発表に基《もと》づくガリア解放や、オペレーション・マルスについての公的で詳細《しょうさい》な報道だ。

最後のページには、芳佳の凱旋《がいせん》時の扶桑国内の記事。

同じ場所に、まだ糊付《のりづ》けしていない一枚の写真が挟《はさ》んである。

昨日、診療所《しんりょうじょ》の前で芳佳と並んで撮《と》った二人の写真だ。

「……宮藤《みやふじ》さん」

静夏はそれを手にした。

「私なんかが、あの宮藤さんを護衛して欧州《おうしゅう》に行くことになるなんて」

感激が、今さらながらに込《こ》み上げてくる。

見た目はああだが、何しろ、芳佳の実力は坂本《さかもと》の折り紙つきなのだ。

(立派にお世話して、あの方から学び取ろう。皇国軍人の魂《たましい》を)

「……お父さま。私、この任務、完璧《かんぺき》に務め上げます」

と、静夏が呟くように心に誓《ちか》ったその時。

「ただいま～」

扉《とびら》が開いて、芳佳が戻《もど》ってきた。

「あ、お帰りなさい！」

静夏はあたふたと行李を閉じ、写真をポケットに滑《すべ》り込ませる。

「広い船だね。道に迷っちゃったよ」

芳佳が笑いかけた。

「この天城は全長二百六十一メートル。扶桑の空母の中でも、一番大きいですから」

排水量《はいすい》、総乗組員数、巡航《じゅんこう》速度に最高速度、果ては食堂のメニューまで。この任務のために、静夏は天城のスペックをすべて頭に叩《たた》き込んでいるのだ。

「へ～、服部《はっとり》さんって船に詳《くわ》しいんだね。みっちゃんみたい」

芳佳は素直に感心した。

「私のことは呼び捨てで結構です！　宮藤少尉《しょうい》！」

静夏は直立不動の姿勢を取ったが、そうすると、ペリーヌに豆狸《まめだぬき》呼ばわりされていた芳佳と比べ、頭半分ほど背が高い。ちょうど、静夏の胸のあたりに芳佳の視線が来る感じだ。

「……あの、服部さんって、いくつだっけ？」

胸を見る限り、芳佳よりはるかに成熟した印象である。

その胸に圧倒《あっとう》されながら芳佳は尋ねた。

「年齢《ねんれい》ですか？　満十四になりますが？」

「え～、私より二つ年下なんだ。しっかりしてるから、ずっと年上だと思ってた」

口調が似ているからだろうか？　芳佳は静夏のことをバルクホルンと同じくらいだと思ってしまっていたのだ。

「それは申し訳ありません、少尉！」

静夏は直立不動のままビシッと謝罪した。

頭を金鎚《かなづち》で叩いて背が縮むものなら、すぐさま整備兵のところに金鎚を借りに飛んでいきそうな勢いである。

「え〜と……、その、少尉ってやめない？」

少尉、少尉と連発されると、芳佳はなんだか居心地《いごこち》が悪い。お尻《しり》の辺りがムズムズする感じなのだ。

「そんなことはできません！　これは軍規です！」

静夏は語尾《ごび》にまた少尉をつけそうになり、さすがに控《ひか》える。

「……あ、でもこれ、むかし坂本さんに言われたんだよ。『私たちは海軍同士だから、階級に拘《こだわ》らなくていいんだ』って」

芳佳は言った。

「坂本少佐《しょうさ》が？」

教官の名前が出たことに、静夏は戸惑《とまど》いの表情を浮かべる。皇国海軍の上下関係を乱すような発言を、坂本教官がするとは思えない。となると、海軍には『みだりに階級を口にすることなかれ』とでもいうような、まだ明文化されていない規律があるということだろうか？

「うん！　だからね、私は……ええっと、静夏ちゃんって呼ぶから、私のことは宮藤でも芳佳でも、好きに呼んでいいよ」

「……で、では、宮藤……さん」

そう口にして、静夏は自分の頬《ほお》が熱くなるのを感じた。

ウィッチ養成学校でも、同期の生徒を呼び捨てにしたことはない。それほど親しい子が多かったわけでもないし、律儀《りちぎ》すぎる静夏は相手がちゃん付けで話しかけてきても、階級をつけて答えることがほとんどだったのだ。

「ふふ、よろしくね」

好きに呼んでいいといった手前、それでも少尉と呼ばれたらイヤだなあと思っていた芳佳はちょっとほっとする。

「はい。……あ、宮藤……さん！　お荷物を詰めるの、お手伝いします！」

今までに体験したことのない距離感《きょりかん》に逆にガチガチになりながらも、とにかく自分の職務をこなそうと、静夏は芳佳用の行李を引っ張り出した。

「艦内では、私物はこれに収まるだけしか持ってはいけない軍規です。ご存知かとは思いますが、荷物はどうしても多めになってしまうものですし――」

そう言いかけた静夏は、芳佳のちっぽけな肩掛《かたか》けカバンを見て絶句する。

「……………………………………………………………あの、お荷物は？」

「こんだけだけど？」

何か問題が、という顔をする芳佳。

「これだけ？」

これでは為《な》すべき仕事がない。いや、それより、ここには扶桑皇国軍人として、当然、持っているべきものが見当たらないのだ。

「あの、他《ほか》のお荷物は？」

静夏は救いを求めるような目になる。

「ないよ」

と、芳佳はきっぱり。

「え？　あの、でも……！　それじゃ軍服は？　一種軍装は？　二種軍装はどうなさったんですか!?」

軍服、軍靴《ぐんか》、軍刀、制帽《せいぼう》。それなしの生活など、扶桑皇国海軍に属する者として、静夏には思いもよらない。実際、静夏の荷物の大半は軍装である。他にはスクラップブックと松山名物一六タルトぐらいしか入っていない。

だが。

「持ってないよ」

あっさりお気楽に芳佳は答える。

「え、えええええええええええええ〜っ！」

静夏の目の前は、真っ暗になった。


「まさか、士官用の制服をあつらえていないなんて……」

ショックから立ち直った静夏はグチグチとこぼした。

「だって私、正式な軍人じゃないし」

芳佳は肩をすくめる。

「今は違《ちが》います！　宮藤さんはこれから扶桑海軍の少尉として留学するんですから！　責任ある地位の軍人は、それに見合った態度を取らねばならない！　それが軍規です！」

何故《なぜ》、軍神たる芳佳に自分が軍規を説かねばならないのか？

（もしかして、自分がきちんと軍規を理解し、履行《りこう》できるかどうか、少尉は試《ため》しておられるのでは？　それとも、本当に何も考えていない？　いや、そんな？　軍神宮藤少尉ともあろう方が、そんな馬鹿《ばか》なこと？　あり得ない！　あり得《う》る筈《はず》が⁉）

静夏は混乱し始めていた。

「うう、ごめんなさい」

怒鳴《どな》られた芳佳は、ひたすら小さくなるしかない。

最初は呑気《のんき》に構えていた欧州への留学。

どうやら、かなり居心地の悪い旅になりそうな予感を覚える芳佳だった。

＊　　＊　　＊

「……いや」

それからしばらくして。

「いやいやいや」

落ち着きを取り戻した静夏は考え直していた。

(あれが宮藤少尉の真の姿であるわけがない。きっと、私を試しておられるんだ。ここは立派に任務を遂行《すいこう》する様子をお見せして、少尉の信頼《しんらい》を勝ち取ろう！)

鼻歌交じりに机に向かって勉強している芳佳をチラリと見た静夏は、こぶしを握《にぎ》りしめ、自分に言い聞かせる。

と、そこに。

「少尉、入浴の時間であります！」

兵が知らせにやってきた。

（！　これぞ絶好の機会！）

静夏は軍刀を握って立ち上がると、芳佳を振《ふ》り返った。

「少尉、いえ、宮藤さん、浴室までご案内します！」

艦船《かんせん》において真水は貴重だ。だから当然、風呂《ふろ》も海水湯ということになる。

真水の湯は、配給された券――券一枚あたり洗面器一杯《いっぱい》――と引き換《か》えで支給される。

そのための当番兵が、近くに控えているのだが……。

「去れ！　少尉に近づくことは私が許さん！」

静夏は浴室に着くなり、軍刀を抜《ぬ》いて当番兵に迫《せま》った。

「あ、しかし……」

当番兵はもちろん、持ち場を離《はな》れるわけにはいかない。

「去れと言った！」

静夏は当番兵の鼻に、軍刀の切っ先を突《つ》きつける。

「ひいいいいいいいっ！」

思わず逃《に》げ出す当番兵。

「他の者にも伝えておけ！　今後一時間、浴室の半径二十五メートル内には、決して誰《だれ》も近づくなと！」

静夏はその背中に向かって怒鳴った。

「……い、いいのに」

当番兵には、あとで謝っておこうと思う芳佳。

「それでは、少尉、ではなく宮藤さん。ゆるりとお入りください」

静夏はさっと脇《わき》にどいた。

「じゃ、じゃあ、お言葉に甘えて」

芳佳は脱衣《だつい》籠《かご》に上着やズボンなどを入れ、風呂に入る。

「何人《なんぴと》たりともここは通さん！」

軍刀を床《ゆか》に垂直に立て、その柄《つか》に手を置きつつ、静夏は周囲にキッと睨《にら》みを利《き》かせた。

もっとも、さんざん当番兵を脅《おど》かした後だけに、この近辺を通ろうという猛者《もさ》はいない。

通るとすれば、ネズミぐらいのものだろう。

五分ほどして。

「ね〜、静夏ちゃ〜ん。一緒《いっしょ》に入ろうよ〜」

ちゃぽん。

ちょっと退屈《たいくつ》した芳佳が、声をかけてきた。

「そうはいきません！　私にはここを死守する任務があります！」

目は正面に向けたまま、静夏は答える。

「だいじょぶだよ〜。みんな覗《のぞ》かないよ〜」

ちゃぽん。

なんとも呑気な声だ。

（……どうも宮藤少尉《しょうい》の態度は腑《ふ》に落ちない。単に韜晦《とうかい》なされているのか、それとも、すでに私の実力を見切り、こんな不出来な者に何も教える必要はないと見限られたのか？）

静夏はだんだん不安になってきた。

「ね〜、ね〜、入ろうよ〜」

「…………」

「静夏ちゃ〜ん」

「…………」

「静夏ちゃんってば〜」

「…………」

「こら～、服部静夏～、なんちゃって……」

「…………分かりました」

静夏はとうとう根負けした。

「では、お背中をお流しします」

軍刀を扉《とびら》の脇に立てかけると、静夏は手拭《てぬぐ》いを握り、浴室に入った。

「ほら、こっちこっち」

頭に手拭いを乗せた芳佳は、静夏を手招きする。

「あの、手拭いは浴槽《よくそう》にお浸《つ》けにならないように」

浴槽の傍《かたわ》らに立った静夏は、いちおう軍規を述べた。

「うん、分かってるよ。赤城で最初に欧州《おうしゅう》に渡《わた》ったときに、坂本さんから教わったもん」

芳佳は答え、手桶《ておけ》でお湯を静夏の肩にかけてやる。

「お湯に入るのは、身体《からだ》をよく洗ってからってこともね」

「は、はい。申し訳ありません、差し出がましいことを」

「よいしょっと。じゃあ、座って」

「はい？」

芳佳は浴槽から出てくると、手拭いで石鹸《せっけん》を泡立《あわだ》てて、戸惑《とまど》いながらも座った静夏の背中を擦《こす》り始めた。

「い、い、いけません！　これは私の仕事で！」

（上官に背中を洗わせるなんて！　銃殺《じゅうさつ》もの!?）

静夏は思わず逃《のが》れようとして四つん這《ば》いになる。

「仕事じゃないよ。友達同士の流しっこ。そうでしょ？」

芳佳は微笑《ほほえ》みかけた。

「いえ！　そう仰《おっしゃ》っても！　きゃあっ！」

手拭いが微妙《びみょう》なところに触《ふ》れてしまい、思わず変な声が出る静夏。

「髪《かみ》も洗う？」

「遠慮《えんりょ》します！」

「変な静夏ちゃん。……あ、でも年の割りに胸あるんだ？」

確かに、芳佳よりは立派なものをお持ちである。

リーネやシャーリーほどではないが、芳佳的には合格点だ。

「ほら、ちゃんと洗うからこっち向いて」

「うう……」

（上官の命令は絶対！　これこそが、少尉が私に課した試練⁉）

そう考えると、拒否《きょひ》するという選択肢《せんたくし》は静夏にはない。

「じゃ、流すよ～」

じゃぶ～ん！

「ひいいいいいっ！」

身を清め、こころを解きほぐすはずの入浴が、これほど過酷《かこく》なものになりうることを、静夏は生まれて初めて知った。

「はあ……」

さて、ようやく風呂から出る段になって。

肩を落とした静夏は、先に芳佳を通そうと扉に手をかけた。

ところが。

「え？」

浴室の扉が、いくら押しても動かない。

「ちょ、ちょっと待ってください！」

焦《あせ》った静夏は蹴《け》っ飛ばしてみるが、結果は同じだ。

考えられる原因はと言えば……。

「どしたの？」

芳佳が顔を覗き込む。

「いえ、あの……」

静夏は渋々《しぶしぶ》答えた。

「扉のところに立てかけていた軍刀が、その、何らかの理由で引っかかってしまったようで」

「へえ、意外と静夏ちゃんって、抜けてるんだね」

芳佳はちょっと驚《おどろ》いたような顔をする。

「あうう……」

（あ、呆《あき》れられた！　少尉に！）

まるで重要な試験に落第したかのように、静夏の心は重くなった。

「じゃあ、誰か呼ばないと」

芳佳は息を吸い、大声で助けを求めようとする。

「だ、駄目《だめ》です！」

慌《あわ》てて静夏が止めた。

「今助けを呼んだら、男性が駆《か》けつけてきます！」

「そか。じゃあ、どうする？」

それに当番兵も追い払《はら》ってしまったので、声の届く範囲《はんい》には誰もいないだろう。

「待ってても、そのうち誰か来ると思うけど？」

「！」

（軍神宮藤少尉のあられもない姿を、兵に見せるわけにはいかない！　たとえ、設備を破《は》壊《かい》してでも！）

静夏は意を決し、扉に体当たりをかけた。

だが当然。

「……痛い」

艦《かん》の設備は、そう簡単に壊《こわ》れるようにはできていないのだ。

「大丈夫《だいじょうぶ》？」

涙目《なみだめ》でしゃがみ込んだ静夏の頭に、芳佳が手を置く。

「も、もちろんです！　そこで見守っていてください！　この窮地《きゅうち》から、必ず宮藤さんを救出しますので！　たとえ、この命に代えてでも！」

静夏は眩暈《めまい》を覚えながらも立ち上がり、これぞ扶桑軍人魂《だましい》とばかりに、もう一度体当たりを決行しようとする。

と、そのとき。

「あのさ」

芳佳はすっと静夏の前に出ると、扉を引いた。

浴室の扉は、何事もなかったかのように開く。

「…………………え？」

唖然《あぜん》とする静夏。

「ここに入るとき、扉押して開けたよね？　ここ、内開きなんだよ」

「…………」

どうやら軍刀に罪はなかったようだ。

「さ、上がろ」

芳佳は何事もなかったかのように微笑み、脱力《だつりょく》した静夏の手を引いた。

就寝《しゅうしん》時間になり。

(醜態《しゅうたい》を演じてしまった。それも少尉の前で)

激しく落ち込んだ静夏は毛布を引っ被《かぶ》っていた。

「もう反省しなくていいから」

隣《となり》のベッドの芳佳が慰《なぐさ》めるが、逆効果である。

「そうだ！　明日《あした》、静夏ちゃんにおいしい団子汁《じる》作ってあげるよ。だから元気出し——」

「いけません」

静夏は毛布を被ったまま遮《さえぎ》った。

「料理は士官が作るものではありません」

少なくとも、自分は軍規に反することはしていない。

そう言えることだけが、今の静夏には救いだった。

「でも、ブリタニアでもロマーニャでも、みんなかわりばんこに——」

「ここは天城の艦上。従って、扶桑海軍の軍規が適用されます。扶桑海軍では、士官が料理することなど、認められていません」

「でも、作ってあげたいな、静夏ちゃんに」

「ご厚意はありがたいのですが、軍規ですから」

静夏は軍規にしがみつく。

「上の者が軍規を破れば、下の者に示しがつきません。上が規則を守れなくては、軍というものが存続できなくなってしまいます。少尉、いえ、宮藤さんはそう思わないのですか？」

芳佳の返事はない。

「……宮藤、さん」

静夏は毛布を引き下げ、チラリと芳佳のほうに目をやった。

「……す〜す〜」

芳佳はすでに寝息《ねいき》を立てていた。

（…………）

静夏も深い溜息《ためいき》をつくと、目を閉じた。

＊　　＊　　＊

「…………はっ！」

目を覚ますと、隣のベッドにすでに芳佳の姿はなかった。

「……宮藤さん？」

気疲《きづか》れでまだ身体のだるい静夏だが、急いで軍服をまとい、芳佳を探しに部屋を出る。

（上官よりも遅《おそ》く目を覚ますなんて！　と、とにかく探さないと！）

静夏の足取りは、次第《しだい》に速くなっていた。

艦橋、医務室、弾薬庫《だんやくこ》、格納庫。

バタン、バタンと片っ端《ぱし》から扉《とびら》を開け、静夏は中を確認《かくにん》してゆく。

そして、士官烹炊所《ほうすい》、つまり厨房《ちゅうぼう》にたどり着いたその時。

「野菜、全部切り終わりましたよ～」

あの呑気《のんき》な声が聞こえてきた。

見ると、芳佳は鍋《なべ》のそばで炊事兵《すいじ》と談笑《だんしょう》している。

「早いね～。じゃあ、そこの鯖《さば》、下ろしといてくんないか？」

「は～い。三枚でいいですか～」

（士官たるものが！　どうして⁉　あれほど駄目だって言ったのに！）

「宮藤さん！」

憤懣《ふんまん》やるかたない表情で、静夏は烹炊所に踏《ふ》み込んだ。

「あ、静夏ちゃん！　もうちょっと待ってね。あと少しで朝ごはんできるからね～」

芳佳は微笑みかける。

「いけません、宮藤さん！」

静夏は声を張り上げていた。

「宮藤さんは士官なんですよ！　炊事は士官の仕事ではないと言いましたよね！」

「でも、同じ船に乗ってる仲間なんだし――」

弁明しようとする芳佳を静夏は遮り、そのままむんずと腕《うで》をつかむ。

「仲間でも、士官は士官ですから！」

「え？　わ、ちょっと～！」

「まだ鯖が……」

呆れ顔の炊事兵たちの前を引きずられ、芳佳は烹炊所を後にした。

このとき。

静夏はようやく、現実に気がついた。

（宮藤少尉はもともと、こういう人なんだ！　何か深い考えがあるわけでも、能ある鷹《たか》が爪《つめ》を隠《かく》しているわけでもなく！）

トンカツだと思って揚《あ》げ物にかぶりついたら、中身がレンコンだったときのような幻滅《げんめつ》を静夏は味わっていた。

（こうなったら！　少なくとも少尉が醜態を晒《さら》すことのないよう、私が気をつけないと！）

ズカズカと歩きながら、静夏は決意を新たにした。

しかし――。

次に静夏が見失った時、芳佳の姿は甲板《かんぱん》上にあった。

砲術科《ほうじゅつ》の下士官や兵に混じり、掃除《そうじ》の真っ最中である。

「よ～し！　ぶぃ～ん！」

モップを手にヒノキの甲板を走り回り、すっかり飛んでいる気分だ。

「左ひねり込み～！」

「宮藤さ～ん！」

水兵のひとりがラムネの瓶《びん》を投げてよこした。

「わあ、ラムネだ！　ありがとうございます！」

シュポッと蓋《ふた》を開け、甘い炭酸水を喉《のど》に流し込むと、す～っと汗《あせ》が引いてゆく。

「んぐんぐ～……ぷはあ～、おいし！」

満足げな表情の芳佳の隣に、いつの間にか、怒髪《どはつ》天を衝《つ》かんばかりの静夏が。

「宮藤さん！」

「あ……静夏……ちゃん……」

芳佳はテヘッといった顔で緑の瓶を差し出した。

「ラムネ、どう？」

　またまた自室に引きずってこられた芳佳はベッドに座らされ、静夏のお説教を受けていた。

「海軍士官心得にはこうあります！『デアル、ラシカレ主義で行け。少尉《しょうい》は少尉、中尉は中尉である。何事につけても分相応、らしくあれ』と！　これが軍規です！　ルールなんです！」

「でも」

「宮藤さんは私の憧《あこが》れ、ウィッチの中のウィッチです！　扶桑の英雄《えいゆう》なんです！　だから絶対に皆《みな》の規範《きはん》にならないといけないんです！」

　このあたり、結構勝手な思い入れが入っているが、激昂《げきこう》している静夏も、シュンとしている芳佳もそのことに気がついていない。

「でも、せっかく乗せてもらってるんだから、お手伝いくらいは……。それに私、もうウィッチじゃないし」

（そうだよね、もうウィッチじゃ……）

　芳佳は口にしてみて、ちょっと淋《さび》しい気分になる。

「！……すみません」

芳佳の表情に気がついた静夏は謝るが、それでも主張は曲げない。

「でも、軍規は絶対です！　それを守ることが、軍隊の基本なんですから！　そもそも軍規が存在するのには理由があるのです。それはふだんから軍規を絶対に守ることを徹底《てってい》することによって……」

静夏の説教は延々と続く。

だが。

（なんかバルクホルンさんに怒《おこ》られてるハルトマンさんの気分だなあ）

芳佳はろくに聞いていなかった。

きっと、今ごろ欧州《おうしゅう》ではハルトマンがくしゃみをしていることだろう。

「……お分かりいただけましたか？」

長時間の説教で疲労困憊《ひろうこんばい》した静夏は、ようやく言葉を切った。

「それじゃ私、何をすればいいの？」

赤城で初めて欧州に渡《わた》った時も、芳佳は料理や清掃《せいそう》を手伝ったし、坂本に注意されることもなかった。それに駄目《だめ》出しをされたら、艦上《かんじょう》でどう過ごせばいいのかさっぱり分からない。

「……これです」

静夏は芳佳の荷物の中から分厚い本を取り出した。

「勉強です！」

「はい！」

芳佳は気圧《けお》され、直立不動の姿勢を取った。

＊　　＊　　＊

ペテルスブルグ　５０２基地

サーニャは最初、ペテルスブルグに足止めを食らったことで、エイラが退屈《たいくつ》するのではという懸念《けねん》を抱《いだ》いていた。

だが、ある意味、その心配は杞憂《きゆう》に終わった。サーニャが夜間哨戒《しょうかい》に出るようになった翌日ぐらいから、エイラは記録をつけ始めたのである。

題して、『ニパの〝ついてない〟観察日記』

有名な話ではあるが、502のエースのひとり、スオムスの、ニッカ〝ついてない〟・エドワーディン・カタヤイネン曹長《そうちょう》は凶運《きょううん》の持ち主だ。

トーストを落とせば、必ず、ジャムやバターを塗《ぬ》った側が下になる。道を歩けば、通りかかった車が水たまりの泥《どろ》を跳《は》ね上げ、鳩《はと》が頭にフンを落とし、ペンキの缶《かん》が降ってくる。テスト飛行をすればユニットから足が抜《ぬ》け、哨戒任務に就《つ》けばユニットが火を噴《ふ》く。

そんなニパは、501時代にさんざんペリーヌが遊ばれたように、エイラの餌食《えじき》となっていた。

「ええと、今日の記録は。午後二時、整備中のニパの戦闘脚《ストライカーユニット》から発煙《はつえん》。ニパは消火器を持ち出すも、消火器は破裂《はれつ》。白い粉が格納庫中に飛び散り、清掃中のジョーゼット・ルマール少尉、キレる、と」

ベッドに寝《ね》そべって日記をつけるエイラを見て、哨戒に出る前のサーニャは眉《まゆ》をひそめた。

「ニパさん、かわいそう」

「いいや、サーニャ。これはだな、ニパを救うためのものなんだ」

むくっと起き上がったエイラは適当なことを言い出す。

「こうやって正確な記録を取っておけば、私の予知能力であいつがひどい目に遭《あ》うのを予測できるかも知れないだろ？」

「それは……そうだけど」

「私はあいつの親友としてだな、守ってやろうと思ってるんだぞ」

エイラは胸を張ったが、その口から〝親友〟という言葉が出ると、どうも胡散臭《うさんくさ》い。

「………ねえ、エイラ」

何を言っても無駄《むだ》だと諦《あきら》めたサーニャは、話題を変えることにした。

「久し振《ぶ》りにタロットで占《うらな》いしてくれない？」

「いいけど、誰《だれ》の？　ニパの？」

ニパのことを占っても、どうせろくな結果にはならない。

「あのね、芳佳ちゃんの」

「そっか。そういえば、あいつ、今度留学するって話だったよなあ」

エイラはポンと手を打った。

「うん」

サーニャは目を細めて頷《うなず》く。

「だから、また逢《あ》えるかなあって」

「そうだな。占ってみるか～」

エイラはタロットを取り出して、ベッドの上に裏にして並べ始めた。

「宮藤の運命を示すカードは……これだ！」

並べられたカードのうち、一枚をめくるエイラ。

「…………あ」

「え？」

カードの絵を見た二人の表情が凍《こお》りついた。

＊　＊　＊

扶桑を出て三週間。

天城はアフリカの南端《なんたん》、アガラス岬《みさき》に差しかかろうとしていた。

視界は悪く、見張り台から船首が見渡《みわた》せないほどに霧《きり》が立ち込めている。

夜になっても、芳佳は静夏に課された勉強から解放されず教科書とにらめっこ。

だが、今は静夏が部屋を出ている。この間から、二人の間に微妙《びみょう》な空気が流れているので、ずっと一緒《いっしょ》だと静夏も息苦しいのだろう。

「ふあああ」

芳佳はちょっと一休み、とばかりに背伸《せの》びをし、壁《かべ》に張られた地図に目をやると、出航以来ずっと記録を続けている航路を鉛筆《えんぴつ》で書き足す。

「もうすぐアフリカの先っちょだ」

あと少しで欧州。リーネちゃんやペリーヌさん、それにサーニャちゃん、エイラさん、シャーリーさんにルッキーニちゃん、ミーナ隊長にハルトマンさん、バルクホルンさん……。

みんなに会えるかな？

会えるといいな。

芳佳が、そんなことをぼんやりと考えていたその時。

ズンッ！

天城の艦体が、大きく揺《ゆ》れた。

「うわっ！」

その衝撃《しょうげき》で椅子《いす》から投げ出される芳佳。

「警報？……ネウロイ!?」

芳佳の顔に、緊張《きんちょう》が走った。

同じ頃《ころ》。

「まさか、ネウロイ⁉」

天城艦橋の艦長も、芳佳とほぼ同じ言葉を口にしていた。

「違《ちが》います！　巨大《きょだい》な氷山に衝突《しょうとつ》したとの報告です！」

士官が伝える。

「氷山だと⁉　見張りは何をやっていた⁉」

艦長は苛立《いらだ》ちを隠《かく》せない。

「艦長、補助発電機室付近で火災発生！」

別の士官が緊張した声を発した。

また同時刻。

火災発生現場では、水兵たちが決死の消火活動に当たっていた。黒煙《こくえん》が立ち込めている上に、氷山が通路を半ば潰《つぶ》してしまったため、出火場所の視認《しにん》が困難になっている。

「通路が！」

消火班の指揮のために到着《とうちゃく》した中尉《ちゅうい》も、現場を見渡すと息を呑《の》んだ。

「火災はこの奥です！」

水兵のひとりが告げる。

「隣《となり》が弾薬庫《だんやくこ》だ！　消火装置はどうした！」

士官が詰《つ》め寄った。

「断線して動作しません！」

と、水兵。

「なんだと！　非常用バルブは!?」

「バルブはこの奥です！　結城兵曹長《ゆうきへいそうちょう》がひとり残されています！」

これを聞いて、中尉は伝声管を摑《つか》み、弾薬庫の兵曹長に話しかけた。

「結城！　どうだ!?」

『駄目《だめ》です！　衝突の衝撃で消火バルブが動きません！』

結城兵曹長の声が答える。

「くそ、どうすれば!?」

もはや打つ手なしか？

中尉が思わず部下の前で弱音を吐《は》きそうになったその時、静夏が現場に現れた。芳佳が魔法力《まほう》を失っているので、静夏は艦でただひとりのウィッチ。艦長の要請《ようせい》で駆《か》けつけたのだ。

「到着遅《おく》れました！」

「見ての通りだ。なんとかできないか？」

中尉は一縷《いちる》の望みをウィッチに託《たく》す。

「やってみます！」

静夏は魔法力を発動し、衝撃で歪《ゆが》んだ鉄骨に手をかけた。だが、それとほぼ同時に内部で爆発《ばくはつ》が起こり、紅蓮《ぐれん》の炎《ほのお》が噴き出した。

「！」

辛《かろ》うじてシールドを張り、火だるまになるのは避《さ》けられたものの、こうした修羅場《しゅらば》にはまだ慣れていない静夏である。驚《おどろ》いた拍子《ひょうし》に魔法力が途絶《とだ》えた。

「結城、大丈夫《だいじょうぶ》か!?」

中尉が伝声管を通じ、兵曹長の無事を確認する。

しかし。

『火がそこまで来ています！　今すぐ水密扉《すいみつひ》を閉じて注水してください！』

結城の声は告げた。

「何だと!?」

中尉は悲痛な表情で怒鳴《どな》り返す。だが、注水すればどういう結果になるかは、結城自身も重々承知の上のことだ。

『お願いします！　早く注水してください！』

「しかし！　それではお前が！」

『このままでは弾薬庫が誘爆《ゆうばく》します！　急いでください！』

結城兵曹長は繰《く》り返した。


「……最古参の結城の判断だ」

艦橋でこの報告を聞いた艦長は、瞑目《めいもく》してから命令した。この艦に乗り組んでいる乗員すべての命を預かる者として、決断を下したのだ。

「それしかあるまい。注水急げ」


「艦長より命令が出た。水密扉閉じ、応急注水！」

艦長命令はすぐに現場の中尉にも伝えられた。

（そんな……）

静夏は立ち尽《つ》くした。

だが、状況《じょうきょう》を考えれば、その決断が正しいことは理解できる。理解はできるのだが……。

「……水密扉、閉じ」

「了解《りようかい》」

士官や水兵は無念の思いを押し殺し、淡々《たんたん》と復唱する。

隔壁《かくへき》がゆっくりと動き、閉じてゆく。

「…………」

静夏には、涙《なみだ》を堪《こら》えることしかできない。

「……すまん、結城」

中尉は唇《くちびる》をギュッと結び、帽子《ぼうし》を目深《まぶか》に被《かぶ》り直した。

と、その時。

じゃぶじゃぶ。

静夏たちの背後で水音がした。皆《みな》が一斉《いっせい》に振《ふ》り返ると、そこにあったのは鉄パイプを手にした、ずぶ濡《ぬ》れ姿の芳佳の姿だった。

「宮藤さん！」

静夏は呆気《あっけ》に取られた。今の芳佳は魔法力を使えない。ここにいても、なんの役にも立たない存在であり、芳佳自身そのことはよく分かっているはずなのだ。

「どいて」

芳佳は厳しい顔で進み出た。

「いけません、宮藤さん！　隔壁が閉じます！」

静夏は慌《あわ》てて、前に進もうとする芳佳を止める。

「中に人がいるんでしょ!?」

それでも芳佳は下がらなかった。

「艦長命令です！」

もちろん、静夏も退かない。

「だからなんなの！」

芳佳は言い切った。

「！」

芳佳の強い調子に、思わず引く静夏。

芳佳はその隙《すき》をつくと、閉まりかけた隔壁の間を擦《す》り抜《ぬ》け、弾薬庫を目指した。

（ええっと、こっちかな？）

熱気でむせ返りそうな通路を進んでいった芳佳は、ほどなく結城兵曹長のところにたどり着いた。

結城が死を覚悟《かくご》して呟《つぶや》き、消火装置のバルブから手を離《はな》したちょうどその時に、芳佳は現れたのだ。

「艦長、御《ご》武運を」

「諦《あきら》めちゃ駄目です！」

芳佳は結城と並んで立つと、バルブに鉄パイプを通す。

「宮藤さん！」

結城は自分の目を疑うと同時に、胸に熱いものを覚えた。たったひとりの下士官のために、ウィッチ――実際は元ウィッチだが――がやってきてくれたのだ。

「二人なら大丈夫です！　ぐっ！」

鉄パイプを梃子《てこ》に、芳佳はなんとかバルブを回転させようと力を込《こ》める。

「はい！」

死の覚悟など吹《ふ》き飛んでいた。

ウィッチが来てくれた！　まだ望みはある！

結城も鉄パイプに手をかけた。

その頃、隔壁の外では、中尉と艦長の緊張した会話が続いていた。

「状況は？」

伝声管を通して艦長が尋《たず》ねる。

『弾薬庫の室温上昇《じょうしょう》中！　危険温度まではおよそ三分！』

中尉は額に汗《あせ》をにじませながら報告した。

状況は確かに絶望的だが、あの宮藤さんなら……。中尉も艦長も、抱《いだ》いているのは同じ思いだ。

「……二分後に注水開始」

艦長はギリギリまで待つことを決断した。

「宮藤さん、急いでくれ……」


一方、弾薬庫は熱と煙《けむり》が充満《じゅうまん》し、人間が生存できる限界が近づいていた。

「やっぱり無理だ、宮藤さん！　ビクともしねえ！」

熱くなった鉄パイプを回そうとする結城の口から、弱音が発せられる。

「駄目です！　諦めないで！」

芳佳は一瞬《いっしゅん》たりとも鉄パイプを握《にぎ》る手を緩《ゆる》めない。一度こうと意志を固めたら、決して折れないのが芳佳という少女なのだ。

「おおおおおおおおっ！」

小さな白い手に、渾身《こんしん》の力が込められた。

そして。

「二分だ。注水開始」

限界時間が来て、消火班を指揮していた中尉は苦渋《くじゅう》の表情で部下に命令した。

ここまで消火に当たってきた者たちは、落胆《らくたん》の色を隠《かく》せない。

「……宮藤さん」

静夏が呟き、肩《かた》を落としたその時。

ザーッ！

スプリンクラーが作動し、通路に滝《たき》のように水が降りそそいだ。

周囲の空気が急激に冷えるのを、一同は感じる。

「水だ〜っ！」

「よっしゃあっ！」

水煙がすべてを白く覆《おお》い尽くし、火災は鎮火《ちんか》した。

隔壁が切り取られ、奥から二人が救出されるまでには、それからまた少し時間がかかった。

「おお！」

「二人とも無事だ！」

「宮藤さん、結城！」

芳佳と結城の姿が蒸気と煙の向こうから現れると、士官や水兵たちが一斉に喝采《かっさい》を送った。

「大した人だ」

中尉《ちゅうい》は賞賛を惜《お》しまない。

結城に肩を貸しながら、笑顔《えがお》を返す芳佳。

ただひとり。

「……」

静夏だけはその興奮に背を向け、そっと立ち去っていった。

東の空が明るくなりかけた頃《ころ》、静夏の姿は甲板《かんぱん》にあった。

南半球でも高緯度《こういど》なので風は冷たい。

冬服をまとった芳佳がやってきて、そっとその横に並ぶ。

「寒いね。アフリカってもっと暖かいと思ってた」

芳佳はいつもと変わらぬ調子で話しかけるが、静夏の返事はない。

「さっきは怒鳴《どな》ってごめんね」

芳佳は続けた。

「いえ。でも――」

ようやく静夏は口を開く。

「宮藤さんのやったことは間違《まちが》っています。どうして命令を守らなかったんですか？」

「ごめん……。でも、みんな助かってよかったよね？」

芳佳は静夏の詰問《きつもん》には直接答えなかった。

答えられなかったのだ。

誰《だれ》かを救うためとなると、考えるのはあと。身体《からだ》が勝手に行動してしまうのだから。

「違います！」

静夏は苛立《いらだ》ちを抑《おさ》えることができなかった。

憧《あこが》れが大きかった分、芳佳への幻滅《げんめつ》もさらに大きいものだった。

宮藤芳佳という元ウィッチは、自分の思い描《えが》いていた英雄《えいゆう》とは違った。

それだけではない。

規律も命令も関係なく行動する、理解不可能な存在だったのだ。

「艦《かん》が沈《しず》むかも知れなかったんです！　艦長の命令は最良のものでした！　宮藤さんが上《う》手《ま》くいったのはたまたま！　偶然《ぐうぜん》です！」

確かに誘爆《ゆうばく》が起きていれば、天城は沈没《ちんぼつ》していたかも知れず、その場合の人的被害《ひがい》は結城ひとりでは済まなかっただろう。乗組員全員の命を預かる艦長の決断としては、隔壁を閉じて注水することは決して間違ってはいないのだ。

「だって……」

「命令は絶対なんです！」

軍規がすべて。

命令は絶対。

そう育ってきた静夏にとっては、だっても明後日《あさって》もない。

「…………」

「失礼します、宮藤少尉」

静夏は踵《きびす》を返し、立ち去った。

「静夏ちゃん」

芳佳には黙《だま》って見送ることしかできなかった。

第五章 CHAPTER 5 旧交

STRIKE WITCHES THE MOVIE
Shimada Humikane & Projekt Kagonish

天城《あまぎ》はドーバー海峡《かいきょう》に到達《とうたつ》したが、芳佳《よしか》と静夏《しずか》は和解の機会を持てないままだった。

この日も静夏は芳佳が目を覚ます前に部屋を出て、黙々《もくもく》と甲板でランニングを続けていた。

虹色《にじいろ》に輝《かがや》く玉の汗が首筋を伝い、胸元《むなもと》に零《こぼ》れる。

静夏はこうして走っていると、何もかも忘れられる気がした。

芳佳への幻滅も。

勝手な想《おも》いからそんな芳佳へ辛《つら》く当たってしまった、自分への幻滅も。

「あ、港」

ふと気がつくと、水平線上にうっすらと陸が見えた。

「やっとカレーの港に到着だね」

起きてきた芳佳が、足を止めた静夏に近づいてきた。

「……あ」

静夏は目礼だけすると、再びランニングに戻《もど》る。

ぽつんと残された芳佳は、その時、こちらに近づいてくるストライカーの飛行音に気がついた。

「この音は？」

白い軌跡《きせき》が空に描かれ、天城の上を二つの影《かげ》が猛《もう》スピードで通過した。

「ウィッチ⁉　速い！」

静夏が振《ふ》り返り、目で二機を追いながら分析《ぶんせき》する。

「あのエンジン音はマーリン61とクワドラ12？……ひょっとして⁉」

「リーネちゃん！　ペリーヌさん！」

芳佳がパッと明るい顔になり、大きく手を振った。

「え？　今のが５０１の⁉」

驚《おどろ》く静夏。

「芳佳ちゃ〜ん！」

リーネが反転し、真っ直《す》ぐに飛んでくる。

「リーネちゃん！」

芳佳は自分の小さな胸で、飛び込んできたリーネを抱《だ》きとめた。

「きゃっ！」

ドスン！

二人はそのまま甲板に転がり、微笑《びしょう》を交《か》わす。

「待ちきれなくて、飛んできちゃった！」

「私も早く会いたかったよ！」

「こ、この人がリネット・ビショップ曹長《そうちょう》？」

規律も軍規もへったくれもなく、仔猫《こねこ》のようにじゃれ合うリーネと芳佳を見て、静夏は眩暈《めまい》を覚える。

そして。

「相変わらずですわね。たった二か月会ってないだけで」

冷静な声が、静夏の後ろで聞こえた。

「あなたは……！」

振り返った場所に立っていたのは、もちろんペリーヌである。

「お会いできて光栄です、ペリーヌ・クロステルマン中尉！　私、扶桑《ふそう》海軍の服部《はっとり》静夏軍《ぐん》曹《そう》と申します！」

静夏は直立不動の姿勢を取った。その様子を見たペリーヌは一瞬《いっしゅん》で、この静夏の性格では芳佳のへらへらした調子を見過ごせなかっただろうな、と理解する。

「……ふふふ、聞いておりましたわ。疲《つか》れたでしょう、宮藤《みやふじ》さんと一緒《いっしょ》だと」

自分も最初はそうだったことを思い出したペリーヌは、労《いたわ》りの言葉を静夏にかけた。

「はあ」

ため息をつく静夏の背後では、芳佳とリーネがまだキャッキャとやっていた。

ここから先、目指す医学校があるヘルウェティアまでは、マスタードで有名なディジョンなどを経由し、陸路を行くことになる。

だが、今夜の宿泊《しゆくはく》予定地はペリーヌの家。いや、家というよりは城館《シャトー》だ。芳佳たちは手配されたトラックの荷台に乗って、そのシャトーを目指す。

「ところで宮藤さん」

四方山《よもやま》話に花が咲《さ》く中、ずっと言い出すタイミングを待っていたペリーヌが尋《たず》ねた。

「……坂本少佐《さかもとしょうさ》はお元気でして？……わ、私のこと、何かおっしゃってませんでしたか？」

ペリーヌの頬《ほお》がほんの少し、赤く染まる。

「ごめ〜ん。私、坂本さんに会ってないんだ」

これに対し、芳佳はあっけらかんとしたものである。

「この前、基地に行ったら、緊急《きんきゅう》の作戦で召集《しょうしゅう》されてるって」

「……緊急の作戦」

ペリーヌは眉《まゆ》をひそめた。

のんびりと並木道を進んでいたトラックは、やがて緑の丘陵《きゅうりょう》地帯《ち》へと出た。

生《お》い茂《しげ》る木々に、川のせせらぎ。

収穫《しゅうかく》間近の葡萄《ぶどう》畑。

面白《おもしろ》がってトラックについてくる、子供たちの無邪気《むじゃき》な姿。

ネウロイの勢力下にあった頃《ころ》の荒廃《こうはい》を思い起こせば、嘘《うそ》のような光景だ。

「うわあ〜」

素直《すなお》に感動を顕《あら》わにする芳佳。

「葡萄だ〜」

思わず静夏の顔も綻《ほころ》ぶ。

「おいしそ〜」

芳佳は今にもトラックから飛び下りて、葡萄を摘《つ》みそうな勢いである。

「ここの葡萄はワイン用だから食べると酸っぱいよ」

そんな親友の姿に苦笑《くしょう》するリーネ。

「どうです？　美しいでしょう、ガリアは？」

ペリーヌは誇《ほこ》らしげに笑《え》みを浮《う》かべた。

以前のペリーヌは、こうした自然や人の営《いとな》みの素晴らしさに目を向けることはなかった。侵略《しんりゃく》と破壊《はかい》を目《ま》の当たりにし、喪失《そうしつ》して初めて理解できることもあるのだ。

「ほんとだね～」

「このあたり全部がペリーヌさんの領地なんだよ」

ただただ目を見張る芳佳に、リーネが教える。

「ふえ～。……あ、お城だ！」

トラックの進行方向の高台に、シャトーが姿を現した。

シャトー前で停止したトラックから降りて見上げると、シャトーにはまだネウロイの爪《つめ》痕《あと》が痛々しいほどまでに残っているのが芳佳たちにも分かった。

元々はそれこそ白鳥のように美しい城だったのだろう。だが、塔《とう》の一部などは崩《くず》れたままで復旧作業が続いている。

「これでも解放後すぐに比べれば、ずいぶん元に戻ったんですのよ」

ペリーヌの唇《くちびる》から溜息《ためいき》が漏《も》れた。

と、そこに。

「お帰りなさい、ペリーヌさん、リーネさん」

ハーブ園のほうからやってきたのは、アメリー・プランシャール。

かつて、ペリーヌと組んで飛んでいたこともある自由ガリアのウィッチだ。

ペリーヌを慕《した》うアメリーは、ペリーヌが予備役となって地元の復興に尽《つ》くしていると知るや、その手伝いを申し出たのである。

「お帰りなさい、ペリーヌお嬢《じょう》さん」

城の修復を手伝っていた大工も壁《かべ》の穴から顔を出し、挨拶《あいさつ》した。

「ペリーヌお姉ちゃん、お帰り～」

遊んでいた子供たちも、トラックの音を聞きつけて集まってきた。

「もうすぐ授業の時間だよ～」

キラキラと瞳《ひとみ》を輝かせた子供たちが、ペリーヌを囲む。

「はいはい、ちゃんと間に合ったでしょう？」

ペリーヌは優《やさ》しい視線を子供たちに返した。

「お帰りなさいませ、お嬢様」

執事《しつじ》がやってきて、一礼する。

「留守中、何事もありませんでした？」

子供たちにまとわりつかれながら、ペリーヌは執事に尋ねた。

「上院議員が先ほどからお待ちでございます」

「……授業のあとじゃ駄目《だめ》かしら？」

貴族として否応《いやおう》なく復興後の政治に巻き込まれつつあり、その責任も自覚しているペリーヌだが、ガリアの未来を考えれば、子供たちの勉強の方が重要だという考えに揺《ゆ》るぎはなかった。

「承知いたしました」

執事がそう言って下がると、ペリーヌは子供たちに微笑みかける。

「さ、授業を始めましょう！」

「は〜い！」

「ほら、こっちこっち！」

子供たちを連れ、ペリーヌはアメリーとともに城内に設けられた教室へと向かう。

「リーネちゃん、あの子たちは？」

数からしても親戚《しんせき》の子供とは思えない。

事情を知らない芳佳は尋ねた。

「ネウロイとの戦いで、両親を亡《な》くした子たちなの。ペリーヌさんが引き取って、今は一緒に暮らしてるんだよ」

（ガリアが解放されたからって、すべてが終わった訳じゃないんだ。ペリーヌさん、まだ戦ってるんだね……）

芳佳は胸が熱くなるのを感じていた。


という訳で。

芳佳たちも子供たちの勉強を手伝うことにした。ペリーヌとアメリーが年長の子供たちの算数を見ている間に、リーネと芳佳は幼稚園《ようちえん》ぐらいの子供のお相手である。リーネは慣れているが、芳佳も精神年齢《ねんれい》が近いのか、意外と小さな子供の相手が上手《うま》い。

ただひとり。

「…………」

静夏だけがその輪に溶《と》け込めず、壁際《かべぎわ》でみんなの様子を眺《なが》めている。

魔法《まほう》力が発現したその日から、静夏は軍人となるための勉学と鍛錬《たんれん》に明け暮れる毎日だった。

小さい子供の相手をするどころか、年の近い子供と遊ぶ経験さえ踏《ふ》んでいない。

子供とどう触《ふ》れ合っていいのかが分からないのだ。

「はい。じゃあ、この問題が分かる人は？」

生徒たちに質問しながら、ペリーヌの視線はそんな静夏を捉《とら》えていた。


授業が終わると、芳佳はペリーヌのところにすっ飛んでいった。

「すごいね、ペリーヌさん！　先生までできるなんて！」

芳佳の瞳が賞賛でキラキラと輝《かがや》く。

「貴族の子女にとって、この程度の教養は最低限のたしなみですわ」

多少成長しても、ペリーヌはやはりペリーヌ。基本的に誉《ほ》められるのが大好きだから、まんざらでもない表情である。だが、時計を見て、議員を待たせていたことを思い出す。

「これから人と会う用事があるので、ひとつお願いしてよろしいかしら？」

「うん！　何⁉」

芳佳は、張ってもあまり意味のない胸を張る。

「あの子たちが遊び飽《あ》きる前に――」

ペリーヌは視線で外の子供たちを示した。

「夕食を作ってくださいませ。あなたたち三人で」

これには静夏を孤立《こりつ》させまいとする、ペリーヌのさり気ない優しさもあったのだが――。

「うん」

「うん！　分かった！」

「料理……」

リーネと芳佳は即答《そくとう》したが、静夏の表情は強張《こわば》った。

「服部さん、どうかしまして？」

ペリーヌがその顔を覗《のぞ》き見る。

「お、お手伝いさせていただきます！」

上官の命令は絶対。

静夏はまたもや直立不動の姿勢を取った。

＊　　＊　　＊

芳佳やリーネは５０１の頃から料理はお手の物だ。せっかくなのでメニューは和食。二人はてきぱきと献立《こんだて》を作ってゆく。

一方。

「…………」

味噌汁《みそしる》を任された静夏は、並べられた食材を前に硬直《こうちょく》していた。

(こ、これは今までの人生で一番の難敵)

その額には、じわっと脂汗《あぶらあせ》がにじむ。

「静夏ちゃん、大丈夫《だいじょうぶ》?」

その様子に気がついた芳佳が覗き込む。

「だ、大丈夫です!」

聞くは一時《いっとき》の恥《はじ》、聞かぬは一生の恥とは言うが――。

(ええい、ままよ!)

静夏は一生の恥に打って出た。慣れぬ包丁を握《にぎ》りしめ、それから一気に切り刻み始める。

「……ふう」

大きさも形もまったくばらばらだが、とにかく野菜は切り終えた。

あとはこれを煮込《にこ》んで、味噌《みそ》を投入せねばならない。

料理に関してはまったく無知な静夏だが、それくらいのことは分かる。

分かりはするのだが——。
(う。味噌が……ない)
静夏が扶桑から持ち込んだ食材の中に、味噌はなかった。
極力、手荷物を減らした結果である。
(どうしよう?)
あたりを見回しても、味噌らしいものはない。
(宮藤少尉《しょうい》には聞きたくない!)
唇を噛《か》んだ静夏は、とにかく食品棚《だな》を引っ掻《か》き回してみることにした。
すると。
(こ、これは!?)
静夏は、扶桑の文字のラベルが貼《は》られた缶詰《かんづめ》をひとつ発見した。
あんこの缶詰である。
(材料は大豆と小豆《あずき》、大して違《ちが》いはないけど)
もちろん、味は大違いである。
(そうだ。甘みを抑《おさ》えれば!)
と、思いついた静夏がさらに棚を探して見つけたのは、ゲランの天然塩とディジョンのマスタードだ。

（ど、どちらを入れれば？）

右手に塩、左手にマスタードを持った静夏は、自分がストライカーで飛んでいるときに二機のネウロイに挟撃《きょうげき》された場面を想定した。

最初に落とすべきは、右のネウロイか左のネウロイか？

選んだ答えは――。

（ええい、まとめて落とす！）

静夏は、塩とマスタードをドバッとあんこに混ぜ込んだ。

あんこと塩とマスタードの割合は、ほぼ、一対一対一だ。

（うん。結果的に味噌に近いものができたみたい）

色だけを見て判断した静夏は深く頷《うなず》く。だが、これだけではまだちょっと不安だ。静夏は他《ほか》にも味噌の代用品になるものがないか、キッチンを探しまくる。

（味噌っぽいもの、味噌っぽいもの……）

冷蔵庫の中に、エビとカニを発見。

（エビとカニには……確か味噌があった！）

静夏はありったけのエビとカニを抱《かか》えて、シンクに行って分解し、味噌だけを集め始めた。

あたりに漂《ただよ》う、なんとも言えぬ生臭《なまぐさ》さ。

（な、何か、違う気もするけど）

灰色っぽいどろどろしたものがボールに一杯《いっぱい》ほど溜《た》まったのを見ると、やはり味噌とはちょっと違うことにさすがの静夏でも気がつく。

（ねっとり感が足らないのかな？）

静夏はザザ〜ッとパン粉を振《ふ》り入れた。

（まだまだ！）

静夏はもう一度冷蔵庫のところに行くと、今度は高級食材である仔牛《こうし》の脳を取り出した。

（これも脳みそと言うからには、味噌！）

混ぜてフォークでニチャニチャ潰《つぶ》していると、だんだんそれらしい感じになってきているような――気がしてくる。色を味噌らしくするために、レバーも追加だ。

こうして、静夏の前には、あんこをベースにした和の味噌――に見た目が近いもの――と、脳と内臓が主体の洋の味噌――では絶対にないもの――が揃《そろ》った。

（この二つを混ぜれば！　扶桑伝統の合わせ味噌！）

静夏は大胆《だいたん》にも、それを鍋《なべ》に放《ほう》り込む。

火にかけっぱなしにしていた銅《あか》の鍋が、じゅ〜っという景気のいい音を立てる。

（……あ、そうだ！）

静夏はここで、母がよく作ってくれた味噌汁のことを思い出した。

母は味噌汁を作るときに、確か、小さな乾燥《かんそう》した魚を鍋に放り込んでいたはずだ。

（あれは確か……煮干《にぼし》と呼称《こしょう》したような？）

まだ、背丈《せたけ》が地面に立てた竹刀《しない》よりも低かった頃《ころ》のことである。

早朝の鍛錬を終えた静夏が井戸《いど》の前で水を浴びながらふと台所のほうを見ると、母が味噌汁を作る後ろ姿があった。

「これは煮干というものですよ」

小さな魚を物珍《ものめずら》しそうに見つめる娘《むすめ》を振り返った母は、その頭と腹の部分をむしりながら優《やさ》しく語りかけた。

だが、静夏はまだ膨《ふく》らむ兆候さえない胸を手拭《てぬぐ》いで拭《ふ》きながら、そっぽを向く。

「そのような知識、軍人となるべき身には必要ありません」

舌っ足らずで生意気なその口調にも、母は怒《おこ》ることはなかった。

「役に立たない知識はないのよ。こんな小さなことだって、いつかきっと――」

母はそう微笑《ほほえ》み、静夏の頭を撫《な》でたのだった。

（……お母様、おっしゃるとおりでした）

今さらながらに悔《く》やんだが、もう遅《おそ》い。

静夏は似たようなものがここにもないかと、食料棚を漁《あさ》る。

すると。

見つかったのは、アンチョビ――ガリアの言葉ではアンショワ――の缶詰だった。

ラベルの絵を頼《たよ》りに蓋《ふた》をキコキコと缶切りで開けると、中身は予想通り、煮干と同じような小魚だ。

実際、煮干もアンチョビも、カタクチイワシの加工品なのだが――。

（ま、まあ、干してあるようには見えないけれど、どうせ水に放り込むのだから構わない……気がするし）

静夏は判断し、鍋の中にぶち込んだ。

その上に、先ほど切った野菜を追加。ニンジン、ジャガイモ、たまねぎ、エシャロット、トウモロコシ、グリーンピース、セロリ、ズッキーニ、トマト、にんにく、ルバーブ、アーティチョーク、ブルーベリー、ローズマリー、ミント、シナモン。

後半、かなり怪《あや》しい感じである。

豆腐《とうふ》の代わりは、もちろんチーズ。それも、よりによってブルーチーズ。

止《と》めとばかりに、欧州《おうしゅう》に向かうと決まった時に坂本少佐《しょうさ》から頂いた、海苔《のり》と肝油《かんゆ》も投入される。いつの間にか、鍋はボコボコと不気味な泡《あわ》を立て始めていたが、静夏は気がつかない。

「そうだ。ペリーヌ中尉のお口に合うように、少しは洋風の物も入れないと」

こっそりとキッチンを抜《ぬ》け出し、アメリーのところに行く。

「アメリーさん」

「は、はいっ！」

静夏を見たアメリーは、何故《なぜ》か思わず後ずさっていた。

「……どうかしましたか？」

不審《ふしん》なアメリーの様子に、静夏は尋《たず》ねる。

「あ、あの……」

瞳《ひとみ》をウルウルさせて、アメリーは逆に質問した。

「やっぱり、刀でバッサリとかしちゃうんですか？」

アメリーは以前、アルザス飛行隊にいたときに、扶桑のウィッチはそういうものだと同《どう》僚《りょう》に散々脅《おど》かされていたのだ。

「……しません」

静夏は溜息《ためいき》をつく。

「と、ところで何か御用《ごよう》ですか？」

斬《き》られないと分かったアメリーは、ほっとした顔になった。

「あ、そうでした。ワイン、ありますでしょうか？」

「ワイン、ですか？」

アメリーは首を捻《ひね》った。

「料理に是非《ぜひ》とも必要なもので」

静夏はグッと身を乗り出す。

「是非とも、ですか？」

アメリーも真剣《しんけん》な表情を返した。

「はい、是非とも」

「了解《りょうかい》です」

意外とこの二人、相性《あいしょう》がいいのかも知れない。

「では、こちらに」

アメリーは、半地下になっているワインセラーに静夏を案内する。ネウロイの攻撃《こうげき》で古いワインの大半はやられてしまったものの、それでもこのシャトーのコレクションは超《ちょう》一流だ。

「これは？」

ワインに詳《くわ》しいはずもない静夏は、入口近くの棚の一本を適当に指さした。

「これはグラーヴェリン産。当たり年のもので悪くはないです」

ラベルを呼んだアメリーは、ちょっと誇《ほこ》らしげに説明した。

「値段もお手頃《てごろ》で、常飲に適している……と聞きました」

実はアメリーもまだワインを飲んだ経験がなく、耳学問である。

「はあ」

静夏はとりあえずその一本を小脇《こわき》に抱え、さらに見て回る。

「これは？」

奥に進むと、他のワインとは区切られた区画があり、埃《ほこり》をかぶった古そうな瓶《びん》が横たえられた棚があった。静夏はその棚の中段から一本をひょいと抜き出す。

「これは……ロマネ・コンティですね。ピノ・ノワール種の葡萄《ぶどう》を使った極《きわ》めて希少性が高いワインで、多い年でも年間七千本ほどしか生産されないそうです」

一目見て、アメリーの顔が輝《かがや》いた。

「高いのですか？」

「最高級ワインの代名詞ですから、めちゃくちゃ高いらしいです」

（高いって、どのくらいだろう？　一升《しょう》四十銭ぐらいかな？）

さっぱり値段の想像のつかない静夏は、これも脇《わき》に抱えた。

「これは？」

次に目をつけたのは、銅版画の風景画のラベルの瓶《びん》。

「これは……シャトー・ラフィット・ロートシルトのようですね」

「やはりお高いもので？」

「恐《おそ》らく。もともとシャトー・ラフィットは、ポンパドゥール夫人が愛して止《や》まなかったとされる、カベルネ・ソーヴィニョン種を主体とした極上《ごくじょう》の深い味わいを持つワインです。七十年ほど前に大富豪《だいふごう》のロスチャイルド（ロートシルト）家がその畑を買い取り、ロートシルトの名前が加わったんです」

「なるほど」

静夏はとりあえず分かったような顔で頷《うなず》くと、これも手に持って告げた。

「……これくらいでいいです。どうもありがとう」

「いえいえ、どういたしましてです」

アメリーとともにキッチンに戻《もど》った静夏は、共同作業でワインの瓶の栓《せん》を抜いた。

「投入します」

「了解です」

すでに煮詰《につ》まり、焦《こ》げた臭《にお》いがしかけていた鍋に、静夏とアメリーはどぶどぶとワインを流しいれた。

気化したアルコールにレンジの火が引火し、天井《てんじょう》近くまで炎《ほのお》が上がる。

「……これで煮込めば完成です」

静夏は額の汗《あせ》を拭《ぬぐ》うと、満足そうに宣言した。

「う、うわ～」

と、炎を見つめるアメリー。

とにかく、今までに見たことのない料理である。見た目は悪魔《あくま》の釜《かま》のようだが、静夏の顔にみなぎる自信からすると、きっと天にも昇《のぼ》る味がするのだろう。

「夕ご飯、楽しみですね」

生物学的にはあまり膨らむ兆候はないが、比喩《ひゆ》的な意味ではアメリーの胸は期待で膨らむ。

そしてある意味、アメリーの期待は間違《まちが》っていなかった。

料理が完成すると、芳佳と静夏はペリーヌや子供たちと一緒《いっしょ》にテーブルを囲んだ。

「では、いただきます」

「いただきま～す！」

ペリーヌの合図で、子供たちが料理に手を伸《の》ばす。

まず最初にみんなが食べたのは、リーネが作った肉じゃが。

「これ、おいし～っ！」

「うん、おいし～」

子供たちには、おおむね好評である。

「すごい！　本格的だね、この肉じゃが！」

芳佳も絶賛だ。

実はこの肉じゃが、煮込むときに、ほんの少しの赤ワインが入れられている。

それが味に深みをもたらしているのだ。

「ありがとう。いっぱい食べてね」

リーネは芳佳に誉《ほ》められたのが何よりも嬉《うれ》しく、ニコニコ顔になる。

「あら、いい匂《にお》いね。このミソスープ、服部さんが作ったの？」

ペリーヌは、静夏が作った、おそらく味噌汁《みそしる》らしい食物に目をやった。

納豆と肝油は別としての話だが、501時代に触《ふ》れて以来、ペリーヌはたいがいの日本食はいける口になっていた。今では味噌汁は好物とも言えるほどだ。

「お口に合えばいいんですが……」

静夏はそう言いながら、ビクビクしている。完成した直後にあった自信も、ここに至ってかなりしぼんできているのだ。

器《うつわ》を手に、優雅《ゆうが》に口に運ぶペリーヌ。もちろん、スプーンを使わず、こうするのがマナーだということも、ペリーヌは芳佳や坂本を見て学んでいる。

一瞬《いっしゅん》後。

「……うぐっ！　ぐぐぐぐっ！　な、な、な、な、なんと……うぐっ！」

ペリーヌは胸をかきむしりながら、思わず不味《まず》いと言いそうになるのを、静夏の体面を考えて必死で堪《こら》えた。

だが。

「なにこれ、まっず～い！」

子供のひとりが一口すると、容赦《ようしゃ》なく言い捨てた。

子供は正直、とはよく言ったものである。

「うぐっ！」

芳佳も口にした途端《とたん》、思考が停止する。

「これが……お味噌汁？」

リーネはヨークシャープディングと言われて、納豆と塩辛《しおから》を出されたような顔になった。

アメリーに至っては、息も絶え絶え。白目を剝《む》いて、今にもあの世に逝《ゆ》きそうな様子だ。

「か、変わった味ですわね」

静夏の味噌汁は、ペリーヌの『嫌《きら》いな食物リスト』の栄光あるトップに躍《おど》り出た。

「………うぷ！」

静夏は自分でも口にしてみて、これが一切《いっさい》毒物を使っていないのが不思議に思われる。

「あああああああああっ！　すいません！」

パニックを起こした静夏は、胃袋《いぶくろ》が焼きつきそうになるのを堪えながら、誰彼《だれかれ》かまわずペコペコと頭を下げて回るのだった。


その夜。

リーネや芳佳と同じ寝室《しんしつ》で休んでいたペリーヌは、ふと目を覚ました時に、静夏がベッドから抜《ぬ》け出していることに気がついた。

ベランダに出てみると、そこにひとり佇《たたず》む静夏の姿があった。

「夕食の反省でもしていますの？」

ペリーヌは声をかける。

静夏にしてみれば散々だったが、他の食事は子供たちに好評だったし、あの味噌汁のおかげで笑いも取れた。総じて、楽しい食卓《しょくたく》だったと言えるだろう。

「中尉《ちゅうい》!?　いえ！」

静夏は一瞬言い訳しかけたが、すぐにそれが扶桑軍人として相応《ふさわ》しくない行為《こうい》だと思い直す。

「……はい、申し訳ありませんでした」

「私もむかしは、料理は料理人がするものだと思っていましたわ」

ペリーヌはまるで心を読んだかのように言った。

「あの、私は代々軍人の家庭でして、それで私は――」

「ウィッチの素質を持って生まれたあなたは、軍人としての期待を受けて育ち、料理なんてする時間はなかった？」

「はい」

静夏はペリーヌと話していると、今までの緊張《きんちょう》が解《ほぐ》れていくのを感じた。初めて自分のことを理解してくれるウィッチに出会ったような気がしたのだ。

「元々、ウィッチの家系ではなかった分、父や祖父の期待もとても大きく――」

「そんな環境《かんきょう》で育ったのでは、宮藤さんのことが気に障《さわ》るのも仕方がないですわね」

ペリーヌは静夏の横に並んだ。

「！」

まるで軍事機密を暴《あば》かれたかのように、静夏の目が丸くなる。

「いえ、宮藤少尉は扶桑の誇りです！　欧州《おうしゅう》を解放した偉大《いだい》なウィッチですから！」

気恥《きは》ずかしくなり、静夏は思わず建前を口にする。

「でも、とてもそんな偉大な軍人に見えませんわよね？」

その偉大なウィッチのひとりでもあるペリーヌは微笑《びしょう》をたたえた。

「軍規は守らない、命令無視の独断専行。メチャクチャですわ」

「………」

静夏は、心を読むのがペリーヌの特殊《とくしゅ》能力なのかと疑いたくなってきた。

「私は戦争が嫌い」

ペリーヌはポツリと言った。

「え？」

「宮藤さんが５０１に来て最初に言った台詞《せりふ》ですわ。故郷をネウロイに踏《ふ》みにじられてい

た私たちを前に……。そんな子が何しにきたのって、すごく腹が立ちましたわ」

あの頃《ころ》。

思慕《しぼ》する坂本の期待を一身に集めていたこともあり、ペリーヌにとって芳佳は天敵とも言っていい存在だった。やることなすことのすべてが気に障った。ちょうど今、静夏が感じているように。

今はどうかといえば……。

やはり、芳佳には天敵でいてくれたほうが心地《ここち》いい。馴《な》れ合うのは苦手なのだ。

「だけど不思議ね。あの子が入った501は、以前よりももっと強くなりましたわ」

ペリーヌは坂本から聞かされていたことと同じようなことを言い、静夏を振《ふ》り返った。

「あの子がいなければ、ガリアは解放されていなかったかも」

「私は……」

静夏には理解できなかった。どうして誰《だれ》もが芳佳のことが好きになり、芳佳を認め、芳佳を誉《ほ》めるのか？　芳佳を理解できない自分に、まだ軍人として欠けるところがあるのだろうか？

「ふふ、分からないわよね」

こういう感覚は、誰かに言われて納得《なっとく》するものではない。ペリーヌは微笑み、寝室に戻る。

「もうお休みなさい。明日《あした》は早いですわよ」

「…………」

確かに。

寝不足《ねぶそく》では、任務に支障が出かねない。静夏もベッドに戻ることにした。

（……私が）

ベッドから天井を見つめながら、静夏はまた考える。

（私が扶桑軍人として未熟なせいなんだろうか？　私が新兵だから、宮藤少尉の素晴《すば》らしさが分からない？）

考えれば考えるほど、芳佳は謎《なぞ》だった。

＊　＊　＊

朝が来た。

これで芳佳はまた、リーネやペリーヌとはしばらくのお別れである。

リーネと芳佳は、ストライカーを牽引《けんいん》するジープに荷物を積み込み、その横ではペリーヌと静夏がこの先の道を、地図を手に確認《かくにん》している。

「南東に二百キロぐらいでランスの街。そのまま進めば、夕方にはディジョンに着きますわ」

と、ペリーヌが指で地図上の道をなぞる。

「今晩の宿泊《しゅくはく》予定地ですね」

静夏は頷《うなず》いた。

「くれぐれも、街道《かいどう》から東の国境方面には入らないように。ライン川を越《こ》えたらネウロイは容赦なく襲《おそ》ってきますわよ」

芳佳には注意しても無駄《むだ》、というか、注意したら逆にそちらに向かいかねないので、ペリーヌは静夏に道案内を一任する。

「了解《りょうかい》しました！」

もちろん、静夏は真剣《しんけん》な顔だ。

一方、リーネは芳佳におずおずと包みを差し出していた。

「芳佳ちゃん、これ、持ってって」

「え、何？」

どうやら、プレゼントのようだ。

「わあ！　白衣だあ！　これ、リーネちゃんが作ってくれたの？」

包みを開いた芳佳は驚《おどろ》く。

「うん。芳佳ちゃんがお医者さんになるって聞いたから」

リーネの指は絆創膏《ばんそうこう》だらけ。間に合わせようと必死だったのだろう。

「……リーネちゃん、その手の傷って？」

「あの、その、ほら、まだ私、上手に裁縫《さいほう》できなくって」

リーネは真っ赤になる。

「一か月前から、ずっと作っていたんですのよ」

横からヒョイと顔を出し、ペリーヌが暴露《ばくろ》した。

「ありがとう、リーネちゃん！　私、絶対に立派なお医者さんになるからね！」

白衣を握《にぎ》りしめ、芳佳は誓《ちか》う。

「がんばってね、芳佳ちゃん」

と、リーネも熱い視線を送る。

その二人を微笑ましげに見るペリーヌ。

ただ、静夏だけが身を引き、自らその輪に入ろうとはしなかった。

出発の時間になり、二人がジープに乗ると、リーネはバスケットを差し出した。

「芳佳ちゃん、これお弁当。途中《とちゅう》で食べてね」

「これはここのハーブ園で採れたオトギリソウ《セント・ジョンズ・ワート》っ。傷薬ですわ」

ペリーヌも名残惜《なごりお》しそうに箱を渡《わた》す。

「ありがとう、リーネちゃん、ペリーヌさん！」

「では、出発します」

静夏がアクセルを踏み込むと、ジープは発進し、美しいシャトーを後にする。

「リーネちゃん、ペリーヌさん、またね～っ！」

「芳佳ちゃ～ん！　手紙、書くからね！」

芳佳とリーネはいつまでも手を振り合っていた。

＊　　　＊　　　＊

所変わって。

ここはペテルスブルグの５０２基地。

その滑走路《かっそうろ》で急いで出立の準備をしているのは、エイラとサーニャの二人だった。

「なんだよ、ニパのやつ、〃親友〃が旅立つ日だってのに、見送りもなしか～」

荷物を詰《つ》めながらこぼすのはエイラだ。

〃親友〃とは言ったものの、第三者の目から見れば、ニパはエイラのおもちゃなのだが。

「ニパさんは任務中なんだから、そんなこと言っちゃ駄目《だめ》だよ」

サーニャがたしなめる。

こんな時に、なんとニパは哨戒《しょうかい》任務中。やはり、〃ついてない〃カタヤイネンなのだ。

「だってさ～」

それでも不満そうなエイラ。そこに現れたのがサーシャである。

「いちおう、出発に間に合うように任務時間を組んでいるのですが」

「あ、サーシャ大尉《たいい》……あの、お世話になりました」

５０１に転属したばかりの頃は人見知りで、エイラ以外とはほとんど話せなかったサーニャだが、今ではほんのちょっぴり成長し、きちんとお礼も言えるようになっていた。

「二人がいなくなると、この基地も寂《さび》しくなりますね」

サーシャは空を見上げる。ちょうどその時、帰投してくるニパの姿が月影《つきかげ》に映し出された。

「お～い！　ちょっと待て～！」

ニパは手を振りながら、こちらに向かって飛んでくる。

あの元気な様子では、敵に遭遇《そうぐう》して遅《おく》れた訳ではなさそうだ。

「エイラ、ニパさんが帰ってきたわ」

と、サーニャが告げる。

「よかった。〝今日〟は何事もなかったみたい」

サーシャは無事に帰ってくるニパの様子に、ほっとした表情を浮《う》かべた。〝今日〟は、と思わず口にしたのは、もちろん〝ついてない〟カタヤイネンの二つ名ゆえ。飛び立つ度《たび》に、なんらかの凶事《きょうじ》がニパを見舞《みま》うのである。

「いや～、まだ分かんないぞ～」

任務は滑走路に下りるまでが任務。親友?のことをよく知るエイラはまだまだ安心しない。

すると案の定。

ピカッ！

「あ～！」

稲妻《いなずま》が奔《はし》り、一瞬《いっしゅん》後、ニパはストライカーから炎《ほのお》を上げながらヒュ～ッと墜落《ついらく》していった。

だ。

「ったく、相変わらずついてないやつだなあ」

あの程度のことではかすり傷ひとつ負わないだろう、と確信するエイラはいたって冷静だ。

「大変……」

唖然呆然《あぜんぼうぜん》のサーニャ。

「……はあ」

本人は無事でも、ストライカーユニットは全損だろう。補給に説明しなくてはいけないサーシャの口からは思わずため息が漏《も》れた。

ニパが墜落した滑走路の整備で、エイラとサーニャの出発はちょっぴり遅れた。

「また壊《こわ》しましたね？　今月に入ってもう二回目ですよ。これじゃ予算がいくらあっても足りません」

サーシャは学校の窓ガラスを割った小学生を見る先生のような目で、ニパを見た。ニパは、辛《かろ》うじて原形を留《とど》めているストライカーの横で正座させられている。

「雷《かみなり》は私のせいじゃ……」

弱々しく言い訳するニパから、サーシャは視線をエイラたちへと移す。

「あ、天候が悪くなってますから、気をつけて」

「なるべく雲の上を飛ぶようにします」

「んじゃな、ニパ、またな！」

ストライカーユニットをつけ、荷物を抱《かか》えた二人は滑走路を滑《すべ》るようにして宙に舞《ま》い上がった。

「エイラ〜！　サーニャ〜！」

二人を追って走るニパ。

「気をつけてけよ〜！　また遊びに来いよ〜！　風邪《かぜ》引くなよ〜！　雷に気をつけろよ〜！」

「…………」

どの口がそれを言うか、という顔になるサーシャだが、とりあえず今だけは壊れたストライカーユニットの修理費のことは忘れることにする。

「じゃ〜な〜！」

エイラとサーニャの姿はすぐに小さくなり、空に吸い込まれていった。

「っくしょん！」

「寒い？」

くしゃみをするエイラを見て、サーニャは魔導針《まどう》を頭部の周囲に巡《めぐ》らせた。

夏とはいっても、このあたりは亜寒帯《あかんたい》。

高々度を飛んでいると、身体《からだ》が芯《しん》から凍《こお》りつきそうになる。

「……ちょっとだけ」

「少し、下に降りようか」

エイラの手を取ったサーニャはぐんと高度を下げてゆく。

「……宮藤のやつ、無事かなあ」

雲の中を抜《ぬ》けながら、エイラが呟《つぶや》く。

「エイラがあんな占《うらな》いを出すから」

サーニャが咎《とが》めるような目を向けた。

「宮藤のことを占ってって言ったのは、サーニャだろ～？」

渡り鳥の編隊とともに飛んで海面近くまで降りると、靄《もや》がかかっている。

エイラはその靄を突《つ》っ切って進みながら、ポケットから取り出したタロットを見る。

「ん～、タワーかあ、不吉《ふきつ》だなあ」

タワーのカードが示すところは、正位置で崩壊《ほうかい》、災害、悲劇。

逆位置で突発《とつぱつ》的事故。

どっちに転んでも、いいとこなしのカードである。

二人が芳佳の無事を確かめるべく502の基地を旅立ったのは、このカードのせいなのだ。

「宮藤のやつ、ガリアにいるんだろ？」

エイラはカードをしまいながらサーニャに確認《かくにん》する。

「ガリアにネウロイはいないはずだけど……」

サーニャは不安を隠《かく》せない表情だ。

「だよなあ」

エイラが占いの結果に自信を失いかけたその時。

周囲の渡り鳥たちが騒《さわ》がしくなり、隊列を乱して急上昇《きゆうじようしよう》した。

「なんだよ？」

と、その様子を見上げるエイラ。

「エイラ！」

「へ？」

緊張《きんちよう》をはらんだサーニャの声に、エイラは視線を前方へと戻《もど》す。

その目に飛び込んできたのは、靄の中にぼんやりと浮かび上がる巨大《きょだい》な鋼鉄の塊《かたまり》だ。

「な、なんだあれ⁉」

「まさか……ネウロイ⁉」

二人は身構えた。

＊　　　＊　　　＊

その頃《ころ》。

芳佳たちはジープを小高い丘《おか》の上の街道脇《かいどうわき》に停《と》め、休憩《きゅうけい》を取っていた。

周囲は長閑《のどか》な田園。青い空のもと、助手席の芳佳はリーネ手作りのサンドウィッチを食べ、運転席の静夏は地図とにらめっこだ。

「静夏ちゃん、一緒《いっしょ》に食べようよ」

「結構です」

天城での消火活動の一件以来、静夏は依怙地《いこじ》になっていた。自分でも、そのことは分かっている。静夏も、芳佳と普通《ふつう》に話せるようになりたいのだ。だが、芳佳が何度手を差し伸《の》べても、静夏にはその手を握《にぎ》り返すことができない。ここで仲直りすると、自分が間違《まちが》っていることを認めることになるからだ。軍規が絶対だという信念が、ガラガラと崩《くず》れるような気がしてならないのだ。

「今、道を確認中ですから」

静夏は見る必要もない地図に没頭《ぼっとう》するフリをした。

そこに。

ブォーッ！

一台の民間車が真っ直《す》ぐにジープに向かって走ってくると、急ブレーキをかけて停止した。

「軍人さん！」

車から飛び出した村人らしき男がジープに駆《か》け寄る。

「通信機貸してくれないか⁉」

「え？」

「どうかしたんですか？」

戸惑《とまど》う静夏と芳佳。

通信機は軍の備品。貸してと言われてホイホイ貸せるものではないのだ。

「うちの村で崖崩《がけくず》れがあって、怪我《けが》人が大勢出たんだ！」

村人は訴《うった》えた。

「崖崩れ!?」

静夏が息を呑《の》む。

「……大変！」

芳佳の表情がきりっと締《し》まった。

「助けを呼ぼうにも、電話が通じないんだ、頼《たの》む！」

村人がすがる。

「静夏ちゃん！」

「了解《りょうかい》しました！」

芳佳に言われ、静夏は後ろに積んである無線機に向かった。

しかし。

「……あれ？　無線が通じない。出る時は大丈夫《だいじょうぶ》だったのに」

故障か、電離《でんり》層の関係か？　理由は不明だが、無線機からは雑音しか流れてこない。

「私、簡単な治療《ちりょう》ならできます！　村まで案内してください！」

芳佳は無線機を静夏に任せ、村人に告げた。

「あ、あんた、お医者さんかい？」

それにしては若すぎだろう？　という言葉を村人は呑み込んだ。今はどんな助けでも欲《ほ》しい時なのだ。

「駄目《だめ》です、少尉《しょうい》！　村があるのは国境側です！」

静夏は慌《あわ》て、身を乗り出して制止する。

「ペリーヌ中尉が近づいてはいけないと――」

だが。

「行こう、静夏ちゃん！」

芳佳は振《ふ》り返り、静夏の瞳《ひとみ》を真っ直ぐに見返した。

あの艦内《かんない》火災の時に見せたものと同じ表情で。

「……少尉」

静夏はエンジンをかけた。


村の広場に到着《とうちゃく》すると、近くの崖が崩れている様子がはっきりと分かった。

芳佳はリーネからのプレゼントである白衣に袖《そで》を通しながら、怪我人が運び込まれた公会堂へと入ってゆく。

「重症《じゅうしょう》の人は？」

芳佳は懸命《けんめい》の看護をしている女性のひとりに尋《たず》ねる。

「こっちです！」

案内された区画に行くと、子供たちが数人、横たえられていた。

「……ひどい」

苦しむ少年の姿を見て、静夏が顔を歪《ゆが》める。

「早く出血を止めないと」

芳佳は、ペリーヌからもらったハーブの瓶《びん》をカバンから取り出した。

「ペリーヌさんのハーブが傷に効くはず。これと……」

芳佳は近くにいた女性に尋ねる。

「あと、包帯はありますか？」

「それが……全部使ってしまって」

と、女性。

「じゃあ、きれいなシーツかタオルは？」

「もう残っていません」

芳佳は衰弱《すいじゃく》する少年を振り返った。出血が止まらない。

このままでは……。

「…………」

芳佳は気がついた。自分が、包帯代わりになるものを持っていることを。

「リーネちゃん、ごめん」

芳佳は白衣を脱《ぬ》ぐと、それを細く引き裂《さ》いた。

「ふう」

全員の手当てを終えた芳佳は大きく息をつき、額の汗《あせ》を拭《ぬぐ》った。

「なんとか、みんな無事です」

「本当に助かりました」

さっきの少年も呼吸が安定している。もう大丈夫だろう。

外に出ると、すでに空は暗い。

「うわ〜、もう夜だあ」

芳佳はジープのところにいる静夏に声をかけた。

「基地とは連絡《れんらく》取れた？」

「駄目です。ノイズが強くて」

静夏は首を振る。

「サントロンにも、セダンやディジョンの基地にもまったく無線が通じません」

「無線機、壊《こわ》れたのかな？」

「出発の時は問題なかったのですが」

自分の管理のせいだと静夏は悔《く》やむ。

「村の電話もまだ駄目です」

「もう遅《おそ》いですから、今日は泊《と》まっていってください」

さっきの村人たちが、芳佳と静夏に声をかけてくれる。

「ありがとうございます」

破顔してそう答えてから、芳佳は静夏を振り返った。

「静夏ちゃん、お世話になろう」

「はい。でも、まだ今日は定時連絡を一度もできてないので」

「え～、明日《あした》じゃ駄目なの？」

と、芳佳は言ったが、定時にするから定時連絡なのである。明日では意味がない。

「行動報告は義務ですから」

軍規。

義務。

そうした言葉が実際の戦場や事故現場でどう虚《むな》しく響《ひび》こうとも、それにすがるしかない。

「少尉は先に行っててください!」

静夏は芳佳を振り返らずに、無線をいじり続けた。

第六章
CHAPTER 6

ラインの護り

STRIKE WITCHES THE MOVIE
Shimada Humikane & Projekt Kagonish

ベルギカ、サントロン基地の格納庫では現在、補給隊により弾薬《だんやく》などの物資の搬入《はんにゅう》が行われていた。

「受領証にサインを」

補給係将校は、責任者のミーナにファイルに留めた書類を差し出すと、周囲を見渡《みわた》した。

「しかし、ここに来るのも半月ぶりですね」

「私たちがヒマなのはいいことだわ」

ミーナはサラサラとサインしながら微笑《ほほえ》んだ。

ネウロイの強襲《きょうしゅう》も減っているし、ここには502のニパたちのように、勝手に墜落《ついらく》して物資を減らすウィッチもいない。確かに以前と比べると、だいぶ補給のペースは落ちている。

「他《ほか》の戦線もそうみたいですし、ほんとにこれが続いて欲しいですよ」

補給係将校は、欧州《おうしゅう》の誰《だれ》もが願っていることを口にした。

「そうね」

ファイルを手渡しながら、ミーナは微笑む。

敬礼を交《か》わすミーナたちの後ろでは、ハルトマンがMP40のマガジンと格闘《かくとう》していた。

さっきから弾丸を詰《つ》めようとしているのだが、どうも上手《うま》くいかない。銃弾《じゅうだん》をグイッと押し込んでも、ピョンと飛び出すばかりなのだ。

「って！　あ〜、爪《つめ》が割れた〜！」

周囲にバラバラ飛び散る弾《たま》。

その横には、装填《そうてん》器を使い、黙々《もくもく》と弾帯に弾をはめてゆくバルクホルンの姿がある。

「あ〜、手がしびれた〜！」

ハルトマンは駄々《だだ》っ子のように手足をバタバタさせた。

「お前が装填器をなくすからだ」

バルクホルンは自業《じごう》自得だ、という表情を見せる。

なくした、というのは語弊《ごへい》があるかも知れない。ハルトマンの装填器は散らかりまくった自室のどこかに転がっている可能性が大だからだ。

下手をすると、今も脱ぎっぱなしの下着にくるまっていることだってあり得《う》る。

それでも、元来面倒見《めんどうみ》のいいバルクホルンである。見かねてハルトマンからマガジンを奪《うば》い取ると、さっさと銃弾を込《こ》めてやる。

「こんなのは……こうして……こうやるんだ」

いとも簡単に、銃弾はマガジンに収まってゆく。

「ただの馬鹿《ばか》力じゃん」

と、ハルトマン。

「なんだとおおっ！　だいたいお前は――」

バルクホルンは、手伝ってやったのにその言い草はなんだ、という顔になる。

(変わらないわね、この二人は)

ミーナはそんな二人のやり取りを、微笑ましげに見つめていた。

そこに。

「ミーナ中佐《ちゅうさ》、お電話です」

ハイデマリーがやってきて告げた。

ミーナは執務《しつむ》室に戻《もど》り、電話を取っていた。

相手はシャーリー。ヴェネツィアからである。

「……そう。ヴェネツィアにもネウロイが出たの」

『周囲二百マイルに巣はないし、ロマーニャ国境の監視網《かんしもう》にもかかってないんだ。いったいどこから来たんだか？』

苛立《いらだ》たしげに頭を掻《か》く姿が、見えるような口調である。

だが、今の段階ではミーナとしても答えられることは何もない。

「気になるわね。引き続き、504と共同で監視を続けて」

『了解《りょうかい》』

「…………」

電話を切ったミーナは、机の地図を覗《のぞ》き込んだ。

「ベルギカに続き、ヴェネツィアにも出現」

ミーナは、地図上のその二か所に×印をつける。

「基地周辺の巣は、ベルリン、ニュルンベルク、プラハ……」

続いてネウロイの巣にも、大きな×を。

「ネウロイの行動範囲《はんい》は――」

ミーナはさらにコンパスを使って、巣の周囲三百五十キロに円を描《えが》く。

「――おかしいわね」

ベルギカ、ヴェネツィアの新たなネウロイ出現地点はいずれも円の外。

「巣から離《はな》れすぎているわ」

ミーナは地図から顔を上げると、そばに控《ひか》えていたハイデマリーに質問する。

「あなたが見たネウロイは？」

「はい。中型が単機で当基地南方を北西に飛行していました」

ハイデマリーは簡潔かつ正確に答えた。

「通常の偵察《ていさつ》型とは違《ちが》うのね？」

「機動性と火力が段違いで、形状も見たことはありません」

「……そう」

ミーナはため息をつく。

「シャーリーさんからの報告も同じタイプのようだったわ」

「同じ巣からきたのでしょうか？」

ハイデマリーが尋《たず》ねた。

「ここととヴェネツィアの直線距離《きょり》は八百キロ。可能性は否定できない。だけど――」

ミーナはいったん言葉を切った。先日からどうも嫌《いや》な予感がしてならないのである。

「直線上に巣はないわ。それに、あなたが交戦したのも、ヴェネツィアのも、国境観測班には目撃《もくげき》されていないの。勢力圏外《けんがい》のうえに、監視網もすり抜《ぬ》けているなんて」

「新しい巣がどこかに？」

ハイデマリーが息を呑《の》む。

「調査する必要があるわね」

ミーナは決断した。


となると、まず最初に駆《か》り出されるのが、501のWエースである。

「偵察～？」

格納庫でミーナに地図を見せられたハルトマンは、あまり乗り気ではない。

「監視班のミスではないのか？　我々が偵察に行く必要があるとは思えん！」

腕組《うでぐ》みをしたバルクホルンが声を荒《あら》らげる。

「だいたい、近頃《ちかごろ》の監視班のネウロイ出現確率の低さには呆《あき》れ――」

と、その時。

「あれ～？」

地図にぼんやりと目をやっていたハルトマンが気づき、指さした。

「ここって宮藤《みやふじ》が留学で通る場所じゃん？」

「…………」

「…………」

バルクホルンとハルトマンは顔を見合わせた。

「エンジン始動！　回転数異常なし。シュタルター・アウフ、ディレクテイン・シュプリッツザー、用意よし」

数分後。

バルクホルンとハルトマンは戦闘脚《ストライカーユニット》を履《は》き、飛び立つ準備を終えていた。

その様子を見ながら、ハイデマリーがそっとミーナに尋ねる。

「宮藤さんって、あの宮藤さんのことですか？」

宮藤の名前が出た途端《とたん》、ハルトマンたちの態度が変わったことに、ハイデマリーは少し驚《おどろ》いていた。

「ええ、バルクホルン大尉《たいい》の可愛い妹よ」

ミーナが微笑む。

「えっ、妹！」

根が真面目《まじめ》なハイデマリーは目を丸くした。

「ミーナ、誤解を招くようなことを言うな！　シュナウファー少佐《しょうさ》も、冗談《じょうだん》を真に受けないでくれ！」

と、バルクホルンが慌《あわ》てるのを横目に、ハルトマンが出撃する。

「お姉ちゃん、先行くよ～」

「あ、こら待て！　ハルトマン！」

先に滑走《かっそう》を始めたハルトマンを追いかけるバルクホルン。

いつの間にやら、四姉妹《しまい》の長女になったようである。


空から見るベルギカ、アルデンヌの森は、昼なお暗い。

下手に踏《ふ》み込んでしまえば二度と出られない迷宮《めいきゅう》のようだ。

「もうすぐライン川だ。慎重《しんちょう》に行けよ」

森が切れ、平野が見えてきたところで、バルクホルンが気を引き締《し》める。

「でも、川からこっちはネウロイの勢力圏外じゃん。危なくないよね？」

と、こちらは一向に気を引き締める気配のない、ゆるゆるのハルトマン。

「それを調べに来たんだ」

「は〜い」

バルクホルンを先頭に高度を下げ、二人はラインの流れに沿って南下した。

やがて、ネウロイの攻撃《こうげき》で壊滅《かいめつ》したかつての都市の廃墟《はいきよ》が見えてくる。

「カールスラントの方はグチャグチャだね」

「……川を挟《はさ》んだだけなのに、近づけないなんて」

「自分の国なのにね」

二人は廃墟のすぐ近くを通過しながら、故郷を思う。

「いつか必ずネウロイから祖国を取り戻す！」

「うん、そだね……」

速度を落とし、バルクホルンとハルトマンは廃墟にネウロイが潜《ひそ》んでいないか調べる。

だが、視認《しにん》できた限りでは、どうやらその懸念《けねん》はないようだ。

「なんもなさそうだね〜。もう帰ってもいいんじゃない？」

ハルトマンは提案した。そろそろ、腹時計が鳴り始める頃《ころ》なのだ。

だが。

「いや」

念には念を、という言葉もある。バルクホルンは首を横に振《ふ》った。

「ローレライまで南下して調べてみよう」

「え〜っ！」

ハルトマンは不満ありありの表情を見せるが、バルクホルンは針路をさらに南、船頭を惑《まど》わす妖精《ようせい》が潜むという伝説の大岩、ローレライ方面に取る。

いくつかの廃墟のそばをすり抜け、ローレライ近辺にまで到達《とうたつ》したところで、ハルトマンの我慢《がまん》の限界が訪《おとず》れた。

「お腹《なか》すいた〜！　帰ろ、帰ろ、帰ろ、帰ろ、帰ろ、帰ろ〜っ！」

「……そうだな、そろそろ戻るか」

駄々《だだ》っ子のようなハルトマンに呆れつつ、ようやくバルクホルンも同意する。

「やった〜！」

帰ってお菓子《かし》を山ほど食べようと、さっさと反転するハルトマン。

「まったく、だいたいお前は――」

と、バルクホルンのいつものお説教が始まろうとしたその時だった。

「!?」

ハルトマンの視界の端《はし》が、チカチカという反射光を捉《とら》えた。

ベルギカ領方向である。

「トゥルーデ！　あそこ！」

ハルトマンが指さした場所には、まるで潜水艦《せんすいかん》の潜望鏡のようなものが見えた。

「ネウロイだ！」

「地中からだと⁉」

「こっち来るよ！」

ハルトマンは銃《じゅう》を構える。

潜望鏡が地面の下に引っ込むとほぼ同時に、三機の中型ネウロイが、銀色の金属片《へん》のようなものをばら撒《ま》きながら地上へ飛び出してくる。

「ミーナが言っていた奴《やつ》か⁉　行くぞ、ハルトマン！」

「了解！」

二人は中型ネウロイに向かって急接近した。

バルクホルンは背中のパンツァーファウストを抜き、両手に構えて斉射《せいしゃ》する。

上昇《じょうしょう》してくるネウロイのうちの一機に命中するが、それだけで落ちるほど薄《うす》い装甲《そうこう》ではない。

凄《すさ》まじいビームが二人に襲《おそ》いかかる。

「よっと！」

さすがは歴戦のエースたち。二人は八の字を描いて回避《かいひ》し、ネウロイとの距離を詰《つ》めた。ハルトマンが援護《えんご》射撃する間に、バルクホルンは撃《う》ち尽《つ》くしたパンツァーファウストを捨て、MG42を抜く。

バルクホルンのとどめの一連射で、先頭のネウロイが砕《くだ》けて消滅《しょうめつ》した。

「やった！」

「まずは一機！」

だが、休む間もなく、残りの二機がバルクホルンたちに迫《せま》る。

「こっち来んなあああっ！」

「くそ！」

ネウロイは二手に分かれ、挟撃《きょうげき》の態勢を取った。

ハルトマンとバルクホルンは背中合わせになって応戦するが、ネウロイは変形し、例の驚愕《きょうがく》の旋回《せんかい》性能を見せて銃弾《じゅうだん》の雨を避《さ》ける。

「変形タイプか⁉」

連射で赤熱化するMG42の銃身。

弾詰まりを起こす前にバルクホルンは銃身を予備と交換《こうかん》し、弾帯を装填《そうてん》した。ハルトマンもMG42を捨て、MP40を抜いた。

これで仕切り直し。

これからWエースの息がぴったりと合った反撃態勢に、と思いきや――。

「お腹へった～」

ハルトマンの口から情けない声が漏れ《も》れた。

「我慢しろ！」

バルクホルンが怒鳴《どな》るところに、二機のネウロイが急上昇で接近してくる。

二人はビームをかわしながら上に逃《のが》れる。

猛追《もうつい》するネウロイ。

（今だ！）

バルクホルンたちは真下にピッタリとネウロイが張りついたのを確認すると、左右に分かれて反転した。

勢い余って追い越《こ》すネウロイに向け、集中攻撃。

これでまた一機が四散した。

二人が急降下すると、残りの一機はバルクホルンに狙《ねら》いを定める。横ロールでビームを避けるバルクホルンだが、ネウロイは食《く》らいついて離《はな》れない。

「！」

バルクホルンは四肢《しし》がもぎ取られそうなGに耐《た》えながら、円を描《えが》くように横ロールを続け、ついにはネウロイの背後に回りこんだ。

「そこだ！」

火線がネウロイを捉えた。さらに、下方からハルトマンも銃撃を加える。

爆発《ばくはつ》と消滅。

これで中型は全滅《ぜんめつ》だ。

「つっかれた〜」

上昇してきたハルトマンがバルクホルンに訴《うった》えた。

「まだ煙突《えんとつ》のやつが残っている！」

最初に現れた潜望鏡型のネウロイ。

バルクホルンは指摘《してき》して、ハルトマンの油断を諌《いさ》める。

「それ、あっち」

ライン川を背に、反対側を指さすハルトマン。

「なっ！」

バルクホルンは息を呑《の》んだ。

ラインの守りを越えた潜望鏡型のネウロイは、森を切り裂《さ》くようにして悠然《ゆうぜん》と移動中だ。

「ラ、ライン川を越えられた！」

「もう戦闘《せんとう》は無理だよ。魔法力《まほう》も弾も持たないもん」

すぐにも攻撃をかけようとするバルクホルンに対して、ハルトマンは指摘する。

「くっ！」

確かに、支援《しえん》が必要である。

バルクホルンは基地に報告を入れようとした。

しかし。

「ピーク・アス、聞こえるか!? こちら、ヴァイス・ヒュンフ！」

ザー！

「聞こえるか、ミーナ!?」

ザー！

「現在グリッドG14地点、ネウロイが移動中！　ライン川を突破《とっぱ》された！　繰《く》り返す——」

こちらがいくら呼びかけても、インカムから聞こえてくるのは雑音だけだ。

バルクホルンが怒鳴っているうちに、潜望鏡型は地鳴りを上げて地中に姿を消す。

「あ〜、どっか行っちゃった」

その様子を呆然《ぼうぜん》と見つめるハルトマン。

ザー！

「くそっ、通じない！」

バルクホルンは吐《は》き捨てた。

そのとき。

「なんだ、これ？」

ハルトマンが周囲を舞《ま》う、金属片のようなものに気がついた。

中型ネウロイが、地面から飛び出したときに撒き散らしたものである。

「まさか、こいつのせいで！」

バルクホルンはこの物体がチャフとして働き、通信を妨害《ぼうがい》している可能性に思い当たった。

「急いで戻《もど》るぞ！」

「もうへろへろだよ～」

お腹が減りすぎて、ハルトマンはもう泣きごとを言うのがやっと。

できればお姫様抱《ひめさまだ》っこして連れて帰って欲しいところだ、と言いたげな顔をする。

「だいたいお前は――」

バルクホルンのお説教が再開された。

ややあって。

ハルトマンはバルクホルンの肩《かた》を借り、低空飛行で基地を目指していた。

「もうだめ〜、お腹ぺっこぺこ」

一週間絶食したような顔でハルトマンはバルクホルンに訴える。

ストライカーのエンジンが、プスンプスンと音を立て始め、プロペラが消えかかった。

「がんばれ、ハルトマン！」

「無理〜、死ぬう〜」

「死なない！……ったく！　乗っかれ！」

バルクホルンは武器を捨て、ハルトマンをおんぶした。

「これでも食え！」

胸のポケットにチョコバーが一本入っていたのを思い出したバルクホルンは、ハルトマンに渡《わた》す。

「チョコだ！」

それを見て、急に明るい顔になったハルトマンはポキンとチョコバーを折り、半分をバルクホルンに返そうとする。

「はい、トゥルーデの分」

「私はいい！　ひとりで食べろ！」

「いいの？」

と、口にチョコバーを放《ほう》り込もうとしたところで。

二人の後方で何かが光った。

小型ネウロイ。潜望鏡型が、足止めのために放ったものだろう。

「くそっ！　まだ残っていたか!?」

「うわ～っ！　来た～っ！」

「まずい！　もう、武器も魔法力もないぞ！」

舌打ちするバルクホルン。

と、その時である。

「つんぐ！」

ハルトマンがチョコバーを頰張《ほおば》った。

途端《とたん》に、ストライカーユニットのプロペラが高速回転。

ハルトマンはバルクホルンの背中から離れ、単機上昇《じょうしょう》する。

「ハルトマン！」

「大丈夫《だいじょうぶ》！」

バルクホルンを安心させるように微笑《ほほえ》んだハルトマンは、モグモグやりながらネウロイに向かってゆく。

ビームが襲いかかるが、ハルトマンは最小限の動きでこれを避けた。直撃《ちょくげき》と思われたビームも、残り少ない魔法力を使って展開したシールドで受け止める。

衝撃《しょうげき》で身体《からだ》が浮《う》き上がったところに、上昇反転して追撃をかけるネウロイ。

「ハルトマン！」

バルクホルンは叫《さけ》んだ。

ネウロイがまともにハルトマンにぶつかったように見えたからだ。

だが、ハルトマンは最小限の動きでネウロイをかわし、その機体に張り付いていた。

風圧に耐えながら左手を上げるハルトマン。

その手のひらに、小さいが強力な風の渦《うず》が生まれる。

「シュトルム！」

まるで平手打ち。

叩《たた》きつけられた左手から衝撃がネウロイへと伝わった。

シュトルムは装甲《そうこう》を貫《つらぬ》き、コアへと達する。

ネウロイはそのまま上昇を続けたが突然《とつぜん》、あらゆる機能が異常を来《きた》したかのように迷走し始め、爆発、消滅《しょうめつ》した。

「あんな倒《たお》し方があるとは！」

ハルトマンの行動にめったに感心することのないバルクホルンだが、これは格別である。

一点集中。

最小限の魔法力で、もっとも効率的な戦い方だ。

バルクホルンはハルトマンに賞賛の言葉をかけようとするが、そのハルトマンは爆風で飛ばされ、す〜っと落ちてゆく。

どうやら気を失って、いや、眠《ねむ》っているようだ。

「寝《ね》るな〜っ！　起きろ〜っ！　ハルトマン！」

真っ青になるバルクホルン。

と、そのとき。

激突《げきとつ》寸前のハルトマンを地表スレスレで受け止めたのは、基地から急行してきたミーナだった。

「……あれえ？　なんでミーナが？」

ミーナの腕《うで》の中で、ハルトマンはフニュ～とした顔を見せる。

「突然通信が切れたから心配したのよ」

ミーナはほっとした表情を浮かべた。

「ミーナ」

バルクホルンは緊迫《きんぱく》の表情で報告した。

「ネウロイが国境を突破した！」

＊　＊　＊

その頃《ころ》。

「そうか～、少佐《しょうさ》はこんなもん引き上げていたのか～」

エイラとサーニャの姿は、扶桑《ふそう》皇国海軍の戦艦大和《せんかんやまと》の甲板《かんぱん》上にあった。

そう。

地中海で海の藻屑《もくず》と化したと思われていた、あの大和である。

二人が靄《もや》の中で見た巨大な鋼鉄の塊《かたまり》は、その艦橋だったのだ。

「こ、こんなものって」

歯に衣着《きぬ》せぬエイラの隣《となり》で、ひたすらサーニャが恐縮《きょうしゅく》する。

とはいえ——。

「あ〜っはははは！」

久し振《ぶ》りに会う坂本《さかもと》は、腰《こし》に手を当てて呵呵大笑《かかたいしょう》した。

「ネウロイ化してたお陰《かげ》か、幸いにも竜骨《りゅうこつ》も無事でな！　ブリタニア海軍の力を借りて、サルベージしたんだ！　お陰でこの数か月、養成校の教官職との掛《か》け持ちで大変だったんだぞ！」

「……全然、大変に見えないです」

「そ〜ともいう」

と、サーニャとエイラ。

「はっはははは、そうか！」

坂本はまた笑った。

「……あの、芳佳《よしか》ちゃんは？」

サーニャが尋《たず》ねる。

「ん？　つい一昨日《おととい》はペリーヌのところに厄介《やっかい》になっていたみたいだから、そろそろ医学校に到着《とうちゃく》している頃じゃないか？」

芳佳たちが出発した時点で、ペリーヌとリーネがちゃんと坂本に連絡《れんらく》してくれていたのだ。

「よかったな~、サーニャ」

「ええ」

二人はほっとした顔を見せた。

と、そこに。

「やあ、お久し振りです」

「ようこそ、大和へ」

501のウィッチたちとは旧知の間柄《あいだがら》である艦長と副長が、わざわざ甲板まで降りてきた。

「おおっ！　杉田《すぎた》艦長と樽宮《たるみや》副長じゃないか~！」

二人を見たエイラが手を振《ふ》った。

「やっほ~！」

「ははは、覚えていてくださいましたか」

「息災そうで、何よりです」

二人は苦笑した。

もっとも、樽宮のほうは目が笑っているように見えない。

本当は温厚な人物なのだが、まあ、そういう顔つきなのだから仕方がない。

「宮藤さんの様子がお気になられるようなら、ヘルウェティア医学校と連絡を取りましょうか？」

樽宮が提案した。

「お、話せる〜、さっすが〜」

エイラはニシシッと笑う。

だが、そこに。

緊張《きんちょう》した面持《おもも》ちの通信兵が電信室から駆《か》けてきて、杉田に報告した。

「艦長！　アルデンヌでネウロイが攻勢《こうせい》に出た模様！　現在、通信が混乱して、前線各部隊との連絡が取れません！」

「少佐、どうやら――」

「ああ、ミーナの予感は的中したようだな」

杉田と坂本は視線を交《か》わし、頷《うなず》いた。

＊　＊　＊

村を出発した芳佳たちのジープは丘陵《きゅうりょう》地帯を進んでいた。

後方にはまだ、昨日泊《と》まった村が見える。

「朝ごはん、おいしかったね」

芳佳は努めて朗《ほが》らかに静夏《しずか》に話しかける。

「はい」

「無線機、直った？」

「いえ」

「今日の夜にはヘルウェティアだね。そしたら静夏ちゃんは帰っちゃうの？」

「はい」

結局。

静夏は、ありのままの芳佳を受け入れることができなかった。

もうすぐ任務終了《しゅうりょう》だというのに、達成感はない。

あるのは苦い思いだけだ。

「目的地に送り届けるのが任務ですから」

（もしも）

静夏は考える。

自分が芳佳だったら、昨日、上官の指示もないのに、村に向かおうとしただろうか？

否《いな》。

ヘルウェティアに向かうことが命令であり、命令にないことを独断で行うのは軍規に反するからだ。

だが。

軍規に従うべしと身体に叩き込まれた自分は何もできず、軍規など端《はな》から頭になかった芳佳が、結果として何人もの命を救ったのだ。

（軍規は……絶対のはず）

静夏はもう一度、自分に言い聞かせた。

「なんだか淋《さび》しいな」

そう呟《つぶや》く芳佳の背景で、どんどん村が小さくなってゆく。

と、そのとき。

ドンッ！

大音響《おんきょう》が大地を揺《ゆ》るがし、村のほうから黒煙《こくえん》が立ち上った。

「停《と》めて！」

芳佳の声に、静夏はブレーキを踏《ふ》み込む。

後部座席に乗り移って立ち上がった芳佳は後方に目をやった。

村の畑から立ち上る土煙《つちけむり》。

その土煙の中に確認《かくにん》できたのは、潜望鏡《せんぼうきょう》型ネウロイとその周囲を舞《ま》うチャフだ。

「あれは……」

唖然《あぜん》とする静夏。

「ネウロイ！」

芳佳が叫《さけ》んだ。

「周辺基地に連絡します！」

静夏はハッとして無線機を操作するが、昨日と同じく雑音がひどい。

おそらく、昨日の通信不能もネウロイのチャフの影響《えいきょう》だったのだろう。

そうこうしている間に、潜望鏡型ネウロイは村に向かって移動し始めた。

小型ネウロイも次々と現れ、村の上空で四方に散り、攻撃《こうげき》を開始している。

「――通信ができません！　大至急、近くのバストーニュ基地に避難《ひなん》しましょう！」

静夏は芳佳に言った。

だが。

「ダメ。村に急いで！」

芳佳は命じた。

「！」

村のことがスッポリと抜《ぬ》けていた静夏は恥《は》じると同時に、自分の任務と芳佳の無事の確保を考える。

「危険です、少尉《しょうい》！」

「私がみんなを避難させるから、その間、静夏ちゃん、時間を稼《かせ》いで！」

「わ、私が？」

芳佳は上官である。

静夏はジープを村に向けて走らせた。

ジープが村の広場に着くや否や、芳佳は飛び下り、公会堂に向かって走り出した。

静夏はジープ後方のトレーラーに掛けられたシートを剝《は》ぎ取り、ストライカーユニット紫電改《しでんかい》に飛び乗る。

トレーラーを中心に魔法陣《まほうじん》が出現。

紫電改は道路を滑走《かっそう》して空に舞い上がった。

目の前に小型ネウロイが数機。

(大丈夫《だいじょうぶ》。落ち着けば勝てる相手)

静夏は顔に風を感じながら自分に言い聞かせるが、何しろ初の実戦である。

銃《じゅう》を握《にぎ》る指は、力が入り過ぎて白くなっている。

手順も身体《からだ》に叩《たた》き込んだはずだが、興奮のあまり思い出せない。

「初弾装塡《しょだんそうてん》……確認」

口に出してみると、やや落ち着く。

「セイフティ解除」

これなら行けそうだ。

「大丈夫、訓練どおりにやれば……。脇《わき》を締《し》めて、骨格で銃を支える」

銃床《じゅうしょう》が鎖骨《さこつ》に当たる、ゴリッという感触《かんしょく》を覚える。

「距離《きょり》を詰《つ》めて……スコープからはみ出るぐらいに」

静夏はスコープを覗《のぞ》きながらネウロイに接近する。

スコープ越《ご》しだと、ネウロイの姿も現実味がない。まるで、兵学校での射撃訓練のようだ。

「引き金に人差し指の第一関節付近をかけて、一挙に真っ直《す》ぐ後方に…………ここだ！」

訓練の時とまったく同じ反動で、銃口が跳《は》ね上がった。

至近距離から放たれた銃弾は、ネウロイのど真ん中に命中し、消滅《しょうめつ》させる。

「やったあ！　訓練通り！」

静夏は歓声《かんせい》を上げた。

（落ち着けば……まだ行ける！　一機ずつ！）

静夏はターンし、次の標的に狙《ねら》いを定めた。

「頑張《がんば》ってください！　あと少しで防空壕《ぼうくうごう》です！」

芳佳は村人の避難誘導《ゆうどう》を続けながらも、上空の静夏の戦いぶりにも注意を向けていた。

（すごいよ、静夏ちゃん！　私の初陣《ういじん》なんかより、ずっと！）

芳佳は安心すると同時に、静夏の戦闘《せんとう》センスに驚《おどろ》く。

また一機。

これで撃墜《げきつい》された小型ネウロイは三機だ。

（お父様、お爺様《じい》……）

静夏の脳裏《のうり》を、ふと父と祖父の顔が過《よぎ》る。

（私は軍人として！　服部《はっとり》の名前に恥じぬよう戦い抜きます！）

「なんだ、ネウロイなんて！」

静夏は自分を鼓舞《こぶ》するように叫ぶと、次のネウロイに狙いをつける。

しかし。

「！」

小型ネウロイと静夏の間に突如《とつじょ》、中型が姿を現した。

「大きい！」

静夏は目標を中型に変える。

だが、スコープに捉《とら》えられた中型は突如、その形を変えると、速度を上げて静夏の頭上に回り込む。

「ええっ！　変形した!?」

身体を捻《ひね》り、なんとかビームを避《さ》けるが、ビームは村の家々のひとつに命中し、あっという間に灰にする。

「！」

静夏はビームの威力《いりょく》を初めて目《ま》の当たりにし、戦慄《せんりつ》した。

死の恐怖《きょうふ》が静夏を襲《おそ》い、全身の筋肉が硬直《こうちょく》する。

その静夏に向けて、ネウロイのビームが襲いかかった。

『静夏ちゃん！』

「えっ！」

インカムを通した芳佳の声にハッとなった静夏はシールドを展開する。辛《かろ》うじて間に合ったものの、威力の高いビームはシールドを相殺《そうさい》した。爆風《ばくふう》が静夏を吹き飛《ふ》ばし、地面に叩きつける。ストライカーユニットが脱《ぬ》げ落ちて、意識を失った静夏のそばに転がった。

中型ネウロイは静夏を仕留めたと思ったのか、別の標的を求めて移動を開始する。

「静夏ちゃん！」

この様子を地上から見ていた芳佳は、静夏が墜落《ついらく》した場所に向かって走った。

「静夏ちゃん、しっかり！」

駆《か》け寄って胸に手を当てる芳佳。

幸い、心臓は動いているようだ。

「……うう」

静夏はかすかに呻《うめ》き声を上げ、身じろぎする。

だが、二人の上空に、今度は別の小型ネウロイが出現し、ビームを放った。

「！」

芳佳は静夏を引き寄せ、一緒《いっしょ》に転がって辛うじてビームから逃《のが》れる。

ビームは地面をえぐり、その破片《はへん》が二人に降りそそいだ。

静夏を庇《かば》うように覆《おお》い被《かぶ》さった芳佳は、身を起こしながら静夏の顔を見る。

「静夏ちゃん⁉」

「……しょ……少尉？」

静夏の目がうっすらと開く。

「立てる？　防空壕に避難――」

芳佳が静夏を抱《だ》き起こそうとしたその時。

ゴゴゴゴーッ！

地面が割れ、土煙とともに潜望鏡型ネウロイが芳佳たちの前に出現した。

「……ああ」

巨大《きょだい》な影《かげ》が二人を包み込んだ。

＊　　＊　　＊

セダンの506『ノーブルウィッチーズ』基地も、突然《とつぜん》現れたネウロイの対応に追われていた。
同じ頃《ころ》。

「上がれるウィッチはすべて上がれ！　モタモタしている奴《やつ》は飯抜きだ！」

戦闘隊長ハインリーケ・プリンツェシン〝姫様《ひめさま》〟・ツー・ザイン・ウィトゲンシュタイン少佐《しょうさ》は、状況《じょうきょう》がほとんど把握《はあく》できないままウィッチたちに命じる。

「ハインリーケさん！　ここは私に任せて！　あなたも出撃《しゅつげき》してちょうだい！」

名誉《めいよ》隊長のロザリー・ド・エムリコート・ド・グリュンネ少佐までもが格納庫に姿を現す。

「ディジョン基地との通信は⁉」

もどかしげに上官を振《ふ》り返るハインリーケ。

「駄目《だめ》！　まったくつかないわ！」

ロザリーは首を横に振る。

チャフによる通信妨害《ぼうがい》のため、ロザリーたちにリベリオンで編制されたディジョンのB部隊の戦況は伝わってきていない。ジーナ・〝アンラッキー〟プレディ率いるウィッチたちはカールスラント陸軍と肩《かた》を並べ、突然霧《きり》の中から現れた無数のネウロイと激戦の真っ最中なのだが。

「まさか、やられたのか⁉」

己《おのれ》の功を誇《ほこ》らないプレディに日頃《ひごろ》尊敬の念さえ抱《いだ》いていたハインリーケだったが、今はストライカーユニットのケージにこぶしを叩きつけることしかできなかった。

ベルギカ東部のアルデンヌでは、森の中から突如出現した小型ネウロイの強襲《きょうしゅう》で、八十八ミリ対空砲《ほう》がほぼ全滅《ぜんめつ》。

南部のバストーニュでは戦車部隊が撤退《てったい》を余儀《よぎ》なくされていた。

もっとも、混乱を来《きた》しているのは最前線だけではない。

連合軍西方総司令部も、似たようなものだった。

「マルメディとクレルボーにネウロイだと！」

次々と入ってくるネウロイ攻勢《こうせい》の情報に、モントゴメリー将軍は息を呑《の》んでいた。

そこにまた、悪いニュースが伝えられる。

「セダンの506基地に連絡《れんらく》取れません！」

「ビューリンゲン、通信途絶《とぜつ》！」

総司令官アイゼンハワーの声も、この混乱の中で次第《しだい》に大きくなる。

「バストーニュに101を回せ！　いったいどうなっているんだ⁉」

総司令官の目の前の地図上では、×印の数が次第に増えつつあった。

＊　＊　＊

孤立《こりつ》した地上部隊は、ただ混乱し、撤退を続けているわけではなかった。

第101空挺《くうてい》師団長代理マコーリフ准将《じゅんしょう》は、ネウロイに完全に包囲されたバストーニュの街で絶望的とも言える守備に当たっていた。

かつては美しかったこの街も、今はただの瓦礫《がれき》の山。

崩《くず》れた壁《かべ》や石垣《いしがき》に身を潜《ひそ》めた兵たちは、小銃《しょうじゅう》のみで反撃を試みている。

ネウロイのビームが輝《かがや》く度《たび》に、爆炎が兵士たちを吹き飛ばす。

それでも、第101空挺師団は戦い続けているのだ。

ウィッチの到着《とうちゃく》を信じて。

「踏《ふ》ん張れ！　もうすぐウィッチが来る！　それまで守り通せ！」

准将は圧倒《あっとう》的な数の敵を前にしながら、部下を鼓舞して回る。

挫《くじ》けそうになっていた新兵たちも准将の姿を見ると勇気を振り絞《しぼ》り、小銃のトリガーを引き続けた。

だが。

「准将！　ここはもう撤退しましょう！　我々では無理です！」

唇《くちびる》を青くした下士官が、准将にしがみついた。

「無理か」

准将は葉巻をくわえ、パットンばりに吹かしてみせる。

「この街の住人には、聞かせられん台詞《せりふ》だな」

「これ以上ここに留《とど》まっても、兵を徒《いたずら》に消耗《しょうもう》するだけです！　どうかご決断を！」

「いいか、よく聞け！　俺の決断は――」

准将は下士官の胸倉《むなぐら》を摑《つか》んだ。

「くたばりやがれ《ナッツ》、だ！」

「小型だ、やれる！　ネット作戦、行くぞ！」

アルデンヌの森深い、マルメディの地では。

第285砲兵観測大隊所属の工兵部隊が、押し寄せる小型ネウロイの群れに対し、擬装《ぎそう》用のネットを用いた作戦を展開していた。

「今だ！」

急降下してくる小型ネウロイは、空中に張られたネットに絡《から》まり、一瞬《いっしゅん》動きが止まる。

そこに一斉《いっせい》射撃を加え、仕留めていく戦法だ。

「また来た！　ネット準備！」

指揮を執《と》る少尉《しょうい》が、高速で近づいてくる小型ネウロイを目視し、部下に命じる。

だが。

ブチン！

小型ネウロイを足止めするはずのネットが、地中から突如現れた巨大なネウロイに引き裂《さ》かれた。

例の潜望鏡《せんぼうきょう》型ネウロイである。

「ち、地下からだと？」

ビームの閃光《せんこう》が少尉を包み込んだ。

＊　　＊　　＊

「敵機、さらに増加しました」

バルクホルンたちが帰還《きかん》したサントロン基地では、チャフの影響《えいきょう》を受けないナイトウィッチ、ハイデマリーの魔導《まどう》針がネウロイの動向を捉《とら》えていた。

ミーナも地図を広げ、ネウロイの出没《しゅつぼつ》場所に×をつけるが、その数は大量。

ここ、サントロン基地も包囲されている場所のひとつだ。

「まずいな……」

バルクホルンが眉《まゆ》をひそめる。

「敵に囲まれてるよ！」

ハルトマンが言わずもがなのことを口にする。

「このままだと私たちだけじゃなく、最前線の連合軍主力が包囲されかねないわ」

これはもう、ネウロイの一大反攻《はんこう》作戦である。

ミーナの美しい顔にも、焦《あせ》りの色が浮《う》かぶ。

「総司令部は何をしている!?」

バルクホルンが苛立《いらだ》たしげに吐《は》き捨てる。

「無線が妨害されていて、組織だった迎撃《げいげき》は無理です」

と、こちらは落ち着いているハイデマリー。

「地下を潜《もぐ》って国境の監視網《かんしもう》を突破《とっぱ》してくるとはね」

さすがのミーナも、これは予想外だ。

「まるで我々がマルタ島でやった戦法のようだな」

ネウロイにも高度な学習能力があると考えると、バルクホルンは寒気を覚える。

「どうすんの、ミーナ？」

「これだけの大規模攻撃、どこかに新しい巣か、巣でなくとも、小型を搭載《とうさい》した母艦《ぼかん》型のネウロイがいるはずよ」

ハルトマンに尋《たず》ねられ、ミーナは地図に目を落としながら考える。

と。

「大変ですわ！」

そこに駆《か》け込んできたのは、リーネとペリーヌだった。

「芳佳ちゃんと連絡が取れません！」

「なんだって！」

息を切らせたリーネの訴《うった》えに、バルクホルンの顔色が変わった。

第七章 CHAPTER 7

アルデンヌ攻勢

STRIKE WITCHES THE MOVIE
Shimada Humikane & Projekt Kagonish

「…………」

一瞬、死を覚悟《かくご》した芳佳《よしか》だが、潜望鏡型ネウロイは二人の前を通過し、崖《がけ》のところにある避難所《ひなんじょ》の方角を目指した。

「防空壕《ぼうくうごう》に向かってる！」

芳佳は意識のない静夏《しずか》を木陰《こかげ》に寝《ね》かせると、近くに停《と》めたトレーラー付きのジープに駆け寄る。

（あいつを村から引き離《はな》さないと！）

幸い、エンジンはかかっている。静夏の機銃《きじゅう》を拾ってドスンと助手席に載《の》せ、運転席につくと、アクセルを踏み込む。

ジープは防空壕に向かう潜望鏡型を追い、白い砂埃《すなぼこり》を上げて砂利《じゃり》道を疾走《しっそう》した。

迂回《うかい》して潜望鏡型の前に回りこんだところで、芳佳はジープを停止させ、フロントパネルに足をかけて機銃を構える。

「こっちだ！」

ドウッ！

着弾《ちゃくだん》と同時に、ネウロイは停止した。

「気づいた！」

芳佳はネウロイの反応を確認《かくにん》すると、機銃を投げ出し、ギアをバックに入れて急発進した。

（ついてきて、お願い！）

ほぼ同時にネウロイの反撃。

ビームはコンマ数秒前までジープがあった場所の地面を抉《えぐ》る。

降りそそぐ砂利に一瞬怯《ひる》みながらも、芳佳はジープを反転させ、森に向かわせた。

ネウロイのビームは何度かジープを捉えかけるが、芳佳は必死にハンドルを操作し、これをすれすれのところで避《さ》け続ける。

四発目がトレーラーに着弾し、ジープも大きく跳《は》ね上がって芳佳はハンドルに顔を打ちつけたが、横転は辛《かろ》うじて避けられた。

バックミラーには、追走するネウロイの姿が映っている。

森を抜《ぬ》けると、正面に川。

その先は丘《おか》だ。

ジープが石橋を渡《わた》りきったのとほぼ同時に、ビームが橋に命中する。

橋の手前まで芳佳を追っていた潜望鏡型ネウロイは、崩《くず》れ落ちた橋の前で止まり、再び地中に潜り始めた。

だが、ジープの上の芳佳には振《ふ》り返る余裕《よゆう》がない。

異変に気がついたのは、ジープが丘を登り始めたあたりでのことだ。

「！」

芳佳はジープを止め、後部座席に移って周囲を見渡《みわた》し、ネウロイを捜《さが》す。

「……いなくなった？」

煙《けむり》が立ち上ってはいるが、ネウロイの姿はない。

橋の向こうに潜った穴があるだけだ。

「……はあ……よかった」

疲労《ひろう》と安堵《あんど》が綯《な》い交ぜになったような表情と浮かべたその時。

バサバサバサッ！

後方で、たくさんの鳥が飛び立つ羽音がして、不吉《ふきつ》なカラスの鳴き声がした。

「！」

振り返った芳佳の目に飛び込んできたのは、地面を引き裂き、せり上がってくる潜望鏡型ネウロイの姿だ。

潜望鏡の先端《せんたん》部分が開き、ビームの発射態勢に入る。

恐怖《きょうふ》で身体《からだ》が凍《こお》りつきそうになる芳佳。

(怖《こわ》い！……怖いけど！)

芳佳は意を決し、運転席に飛び乗ってジープを発進させた。

逃《に》げるのではない。

ギアはトップ。

ネウロイに向けてジープは走り出したのだ。

そして、赤いビームが発射され、ジープの後部をかすめるように着弾するのと同時に。

芳佳は99式を握《にぎ》り、ジープから飛び下りていた。

小さな身体が地面に叩《たた》きつけられ、バウンドし、坂を転がる。

ジープはそのまま、ネウロイに突進。

激突し、爆発《ばくはつ》して紅蓮《ぐれん》の炎《ほのお》を上げた。

（くっ！）

よろよろと立ち上がる芳佳。その指が、ネウロイに向けられた99式のトリガーを絞《しぼ》って連射する。

銃弾《じゅうだん》は潜望鏡《せんぼうきょう》の先端部分に命中。潜望鏡型ネウロイは、塔《とう》が瓦解《がかい》するように崩れ始める。

（やった！）

だが、寸前に放たれたビームも芳佳のすぐ横をかすめていた。

芳佳はその爆風で、大きく吹《ふ》き飛ばされる。

（……やった。飛べなくても……倒《たお》せた……）

ネウロイが消滅《しょうめつ》するのを確認した芳佳は、そのまま意識を失った。

＊　　＊　　＊

「……！」

爆発音で意識を取り戻《もど》したのは静夏だった。

丘の方向を見ると黒煙《こくえん》が上がり、ネウロイの破片《はへん》がキラキラと降りそそいでいる。

（まさか、少尉《しょうい》が⁉）

「……宮藤少尉《みやふじ》」

静夏はなんとか立ち上がると、ふらつく足でストライカーユニットに向かった。


「少尉！」

ストライカーで丘までやってきた静夏は、横たわる芳佳を発見した。

「しっかりしてください、少尉！」

助け起こそうとする静夏だが、その手には血がべったりとつく。

「…………あ……静夏ちゃん……ネウロイは？……村は？」

芳佳のまぶたが、かすかに開いた。

「村は無事です！」

静夏の目から、涙《なみだ》がこぼれそうになる。

「宮藤少尉のおかげでみんな助かりました！」

「……そう……よかった……」

芳佳は再び目を閉じる。

「宮藤少尉！　少尉！」

静夏が芳佳を揺《ゆ》り起こそうとした瞬間《しゅんかん》。

地鳴りとともに巨大《きょだい》ネウロイが地下から現れた。恐《おそ》らく、これが潜望鏡型ネウロイの本体。母艦《ぼかん》である。その船首からは、次々と魚雷《ぎょらい》のような形をした小型ネウロイが射出されてゆく。

空はネウロイの群れに覆《おお》われ、真っ暗になってゆく。

「ああ……なんて数なの……」

絶望に全身から力が抜けてゆくのを感じる静夏は、それでも救援要請《きゅうえんようせい》を発しようと芳佳のインカムを取って自分の耳につける。

「こちら、服部《はっとり》静夏。現在サン・ヴィット周辺、ネウロイの襲撃《しゅうげき》を受け、宮藤少尉は重傷。至急応援願います。繰《く》り返す、こちら服部静夏——」

懸命《けんめい》の訴えだが、チャフのせいで無線は通じない。

「どうして!? どうして通じないの! なんで……!?」

静夏は唇《くちびる》を噛《か》みしめ、ネウロイの群れと、その周辺を舞《ま》うきらめく破片の方に目をやってはっと気がつく。

「まさか……これが……ネウロイが通信を妨害《ぼうがい》しているの!?」

静夏はもう一度、蒼白《そうはく》な芳佳の顔を見つめると立ち上がった。

「……待っててください、宮藤少尉。必ず戻ってきます！」

静夏はストライカーのところまで戻ると、ユニットを身につけて飛び立った。

＊　　＊　　＊

ミーナ、バルクホルン、ハルトマン、そしてハイデマリーの四人は、ペリーヌとリーネの二人と合流し、芳佳たちからの連絡《れんらく》が途絶《とだ》えた場所付近を探索《たんさく》していた。

「このあたりか、ミーナ？」

地図と実際の地形を頭の中で重ね合わせ、バルクホルンがミーナの方に視線を向ける。

「ええ。ネウロイ出現地点の中心付近よ。用心して」

逆Ｖ字編隊の先頭を飛ぶミーナが答えた。

「すっごい通信ノイズだね」

と、顔をしかめているのはハルトマン。

「これも、敵が妨害しているせいですの？」

ペリーヌは半信半疑といった表情である。

「ああ、こちらの通信網《もう》を破壊《はかい》して補給を絶たせる算段だろう」

バルクホルンは推測した。

「あなたのアンテナが頼《たよ》りよ、ハイデマリー少佐《しょうさ》」

ミーナはハイデマリーに微笑《ほほえ》みかける。

「あ……はい……了解《りょうかい》しました」

はにかんだハイデマリーだが、突然《とつぜん》、ハッと顔を上げた。

「……あの……かすかに……声が聞こえます」

ハイデマリーは雑音の中から聞き分ける。

「声⁉」

「内容は⁉」

バルクホルンとミーナがハイデマリーに近づいた。

「ノイズが多過ぎて……そこまでは……」

ハイデマリーは済まなそうな顔で魔道《まどう》針に意識を集中した。

＊　　＊　　＊

「高度を上げてネウロイの妨害を振り切れば、きっと通信が届くはず」

静夏はチャフの影響《えいきょう》のない高度を目指していた。

高く。

さらに高く。

魚雷型ネウロイが静夏を追い、ビームを浴びせる。

「誰《だれ》か！　応答してください！」

シールドで堪《た》えながら、静夏はインカムに訴《うった》える。

しかし、インカムから返ってくるのは雑音だけだ。

「こちら服部静夏！　お願い、誰か答えて！」

雲を突《つ》っ切ると、眩《まばゆ》い日差しが頬《ほお》を照らす。

魚雷型も雲を抜け、静夏を追尾《ついび》する。

「誰か、宮藤少尉を助けて！」

静夏は呼びかけ続けた。

＊　＊　＊

「通信捕捉《ほそく》！」

ハイデマリーの魔導針が、ひときわ明るく輝《かがや》き、雑音がすっと消えた。

「送ります！」

全員のインカムに、静夏の声が飛び込んでくる。

『誰かお願い！　宮藤少尉を助けて！』

この通信はハイデマリーから欧州《おうしゅう》各地のウィッチに転送された。

第５０２統合戦闘《せんとう》航空団『ブレイブウィッチーズ』のサーシャやニパ、エディータや菅野《かんの》も。

第５０４統合戦闘航空団『アルダーウィッチーズ』のフェデリカや竹井《たけい》、フェルやマルチナ、ルチアナ、そしてあの諏訪天姫《すわあまき》も。

第５０６統合戦闘航空団『ノーブルウィッチーズ』のロザリーやハインリーケ、アドリアーナたちも。

もちろん、雲海の上を急行するシャーリーとルッキーニにも。

また、ラインを遡上《そじょう》する巨大戦艦《きよだいせんかん》のカタパルトから飛び立つエイラとサーニャにも。

さらにもうひとり、同じようにカタパルトから発進しようとする零《れい》式水上観測機に乗り組んだ〝彼女〟にも、静夏の訴えは届いていた。

そして、この救援要請を聞いたウィッチたち全員が、芳佳の元を目指した。

＊　　＊　　＊

『宮藤！』

静夏のインカムに、〝彼女〟の声が届いた。

「この声は⁉」

聞き覚えのある声。

間違《まちが》えようがない。

芳佳と静夏を出逢《であ》わせてくれた人物の声だ。

『宮藤さん、応答して！』

これはミーナの声。

『返事しろ、宮藤！』

『大丈夫《だいじょうぶ》か～、宮藤～⁉』

バルクホルンとハルトマンの声。

『芳佳ちゃん、返事して！』

もちろん、リーネの声も聞こえる。

『待ってろ！　宮藤！』
『芳佳～、すぐ行くからな～！』
シャーリーとルッキーニも。
『宮藤～、どこだあ～？』
『待ってて、芳佳ちゃん』
エイラとサーニャも。
誰もが芳佳の名前を呼んでいるのだ。
「宮藤少尉《しょうい》……聞こえますか？　助けが来ました……」
静夏の頬を涙が伝う。
だが、その静夏の周囲を無数の魚雷型が取り囲んでいた。
「……もう……駄目《だめ》だ」
ネウロイは機首を静夏に向け、ビームの発射態勢に入る。
（でも……少尉は助かる……きっと）
静夏は死を受け入れた。

＊　　　＊　　　＊

「リーネちゃん……ペリーヌさん……ミーナさん……バルクホルンさん……ハルトマンさん……」

ぼんやりとした頭で芳佳は考えていた。

５０１の仲間たち。

みんなの声が聞こえてきたような気がしたのだ。

(そんなはずないよね？　みんな、欧州の各地に散っているはずだし)

『宮藤少尉、聞こえますか？　助けが来ました』

静夏のしゃくり上げるような声も聞こえてくる。

幻聴《げんちょう》ではない。

「呼んでる……みんなが……５０１のみんなが……行かなくちゃ……私」

次第《しだい》に意識が戻《もど》ってくる。

「私……行かなくちゃ……あそこに……みんなのところに……行かなくちゃ！」

まだぼんやりとする頭で芳佳は上体を起こす。

すると。

芳佳を中心に、半球状の光が出現した。

光は急速に拡大し、上昇《じょうしょう》し始める。

そして、雲を弾《はじ》き散らし、魚雷《ぎょらい》型を包み込んで消滅《しょうめつ》させてゆく。

母艦ネウロイもこの光を浴び、ダメージを受ける。

「こ、この光は!?」

遥《はる》か上方の静夏の位置からも、この光は見えた。

光の中心では、ゆっくりと芳佳が立ち上がりつつあった。

「あれは魔法陣《まほうじん》の光!?」

「芳佳ちゃん！」

「まさか!!」

村に急行したミーナたちは、見覚えのある色の光に息を呑《の》んでいた。

間違いない。

あんな強力なシールドを展開できるウィッチは、芳佳を措《お》いて他《ほか》にない。

だが、それにしても巨大過ぎる。

「馬鹿《ばか》な！　あり得ない！」

自分の目を疑うバルクホルン。

「あるかもよ～、宮藤なら」

ハルトマンひとりだけが、キシシと笑った。


一方。

シャーリーとルッキーニも、ハイデマリーが転送した静夏の通信を頼《たよ》りに、南から芳佳の居場所を目指していた。

「シャーリー、あそこ！」

ルッキーニが先に、芳佳のシールドが放つ光に気がつく。

「宮藤だ！　あいつ、やりやがった！」

これが戦場でなかったら、シャーリーは柄《がら》にもなく泣き出すところ。

泣き出す代わりに、シャーリーは一気に急加速した。

「わ、私……」

回転する魔法陣の真ん中に立つ芳佳は戸惑《とまど》いの表情を浮《う》かべていた。

「魔法力が戻ってる？」

頭には使い魔である豆柴《まめしば》の耳が、お尻《しり》には尻尾《しっぽ》がしっかりと生えているのだ。

「……み、宮藤少尉」

静夏もこれには驚《おどろ》きを隠《かく》せない。

静夏を囲んでいた魚雷型は魔法力の強さに惹《ひ》かれてか、攻撃《こうげき》対象を芳佳に変更《へんこう》し、降下してゆく。

最初に出現した光で表面に損傷を受けた母艦ネウロイも、自己修復しながら新たな魚雷型を射出する。

「……そんな……やっつけたはずじゃ？」

芳佳は困惑《こんわく》するが、破壊《はかい》したのは潜望鏡《せんぼうきょう》部分だけ。母艦本体は無事だ。

その芳佳を、魚雷型が囲んでビームの狙《ねら》いをつける。

だが、次の瞬間《しゅんかん》。

ドンッ！

号砲《ごうほう》が響《ひび》き渡《わた》り、魚雷型は次々に爆発《ばくはつ》し、光の破片《はへん》となって消えた。

「砲撃!?　どこから!?」

芳佳の位置からは見えないが、艦砲射撃で窮地《きゅうち》から救ってくれたのは、ラインを悠々《ゆうゆう》と進む扶桑《ふそう》海軍の象徴《しょうちょう》たる巨大戦艦、大和《やまと》だった。

零観からの観測に基《もと》づき、巨大戦艦の主砲がネウロイの群れに照準を定め、各中央砲が初弾《しょだん》観測のために仰角《ぎょうかく》上げ。

零観が安全距離《きょり》を取ると同時に、主砲が発射されたのだ。

「あれは⁉」

十時方向に大和を見て唖然《あぜん》としたのはペリーヌ。

「バトルシップ⁉」

リーネも、もともとクリッとした瞳《ひとみ》をさらに丸くする。

「大和よ！　ライン川を遡上しているわ！」

ミーナさえもが、その登場に信じられないといった顔つきだ。

「浮き輪つけてる！」

と、指摘《してき》したのはハルトマン。

大和は両舷《りょうげん》にフロートをつけて、無理やりに川を上ってきているのだ。

いくらラインが大河だといっても、普通《ふつう》はあり得ない光景である。

「扶桑の海軍はでたらめだ！」

バルクホルンは呻《うめ》く。

　すると。

『はっはっはっはっ！　弟子《でし》の窮地だからな！　無理もするさ！』

　聞き慣れた笑い声が、インカムから聞こえてきた。

「この声は！」

　真っ先に喜色満面となったのはペリーヌ。

　声の主は、坂本美緒《さかもとみお》その人だ。

　一同がエンジン音に気がついて太陽の方向を見ると、接近してくる零観コックピットには彼女の姿があった。

　坂本は自ら大和の目となるべく、この役目を買って出た。かつて魔法力を失って絶望した坂本は今、扶桑最強の戦艦《せんかん》をその得物として手にしているのだ。

「坂本少佐《しょうさ》～！」

　ペリーヌが黄色い声を上げた。

「美緒」

　ミーナもまさか坂本が来るとは思っていなかったのだろう。

　一瞬、言葉を詰《つ》まらせる。

「ああでもしないと、川底につっかえてなあ」

コックピットの坂本は大和のフロートを指さし、みんなに説明した。

「そういう問題じゃあ……」

ため息交じりの突《つ》っ込みは、普段《ふだん》ボケ役のハルトマンだ。

そこに。

「お～い！　私たちもいるぞ～！」

サーニャを連れたエイラが自己主張しながら合流した。

（これであとは……）

クスリと笑うミーナ。

だが、再会を喜ぶ間もなく、無数の魚雷型が押し寄せてきた。

「うわ～、なんかいっぱいきたよ～」

と、ハルトマン。

すると、どこからか銃撃《じゆうげき》が加えられ、数機の魚雷型が爆砕《ばくさい》した。

「ひゃっほ～っ！」

「到着《とうちやく》～！」

もちろん、この騎兵《きへい》隊はシャーリーとルッキーニだ。

「揃《そろ》ったわね！」

ミーナは満足そうに頷いた。

「ミーナ！　宮藤に土産《みやげ》がある！　露払《つゆはら》いを頼《たの》む！」

零観の坂本が、ミーナに声をかける。

「分かったわ！　総員、戦闘隊形《せんとう》！」

ミーナは勢揃《せいぞろ》いした旧５０１隊員に命じた。

「目標、火線上のすべてのネウロイ！　坂本少佐を援護《えんご》します！」

「了解《りょうかい》！」

ウィッチたちはネウロイに向かって突っ込んでゆく。

「ま、まさか、あの人たちは……」

伝説の５０１。

その一糸乱れぬ飛行を目《ま》の当たりにし、静夏は驚嘆《きょうたん》する。

先鋒《せんぽう》はペリーヌとハルトマン。二人は視線を交《か》わすと、ネウロイに突っ込んでゆく。

「シュトルム！」

「トネール！」

ハルトマンの風とペリーヌの雷《かみなり》の合体魔法。

超巨大渦巻《ちょうきょだいうずまき》状の電撃が、針路上の小型ネウロイを一掃《いっそう》した。

（おおっ、合体技！　いいな！）

対抗心《たいこう》を燃やしたのがシャーリーである。

「やるぞ、ルッキーニ！」

「オッケーッ！」

ガッ！

シャーリーは左脇《わき》にルッキーニを抱《かか》えた。

ガッ！

次いで、右脇にリーネを。

「合体っ！」

ハルトマン＆ペリーヌのコンビを上回る、三体合体だ。

「えっ？」

ルッキーニはノリノリだが、リーネは焦《あせ》る。

「えええええ〜っ!?」

「ずおりゃあああああああっ！」

高揚《こうよう》するシャーリーは、群がるネウロイに向かって突撃《とつげき》した。

無数のネウロイが形成する黒い雲海が、ルッキーニとリーネの弾幕《だんまく》に切り裂《さ》かれ、二つに割れてゆく。
三人の後に続くのは、零観を護衛するエイラとサーニャ。
フリーガー・ハマーのロケット弾が、爆炎でネウロイを包み込む。
もちろん残りの三人も、手をこまねいて仲間の活躍《かつやく》を見ているはずがない。
ミーナ。
バルクホルン。
そしてハイデマリー。
三人が通過したあとには、破片と化したネウロイが光の帯を作った。
眼下の戦いを見つめる静夏は、この光景を形容する言葉が見つからない。
「す、すごい」
「みんな！」
片や、地上の芳佳は飛び上がらんばかりだ。
しかし。
母艦ネウロイは、絶え間なく魚雷型《ぎょらい》ネウロイを吐《は》き出していた。
「また出てきたわ！」
ビームの反撃をかわしながら、ミーナが眉《まゆ》をひそめる。

このままでは、銃弾も魔法力も底を突く可能性が高い。

「ふ、ずいぶん溜《た》め込んでいるな」

不敵に笑うのはバルクホルンだ。

「邪魔《じゃま》させませんわよ！」

零観に向かって飛んでくるビームを、ペリーヌがシールドで防いだ。

「ずおりゃあああああああああああああっ！」

リーネとルッキーニから手を離《はな》したシャーリーは、超々《ちょうちょう》加速をかける。

集結してきた魚雷型は、超音速の衝撃波《しょうげきは》で吹《ふ》き飛んで消失する。

ルッキーニもネウロイの下に回り込んで連射。

リーネが正確な射撃で中型ネウロイを貫《つらぬ》くと、それにとどめを刺《さ》したのはエイラとサーニャである。

「宮藤！」

降下してきた零観のコックピットから坂本が叫《さけ》んだ。

「坂本さん！」

一瞬、交差する坂本と芳佳の視線。

「受け取れっ！」

主翼《しゅよく》下のラックから、ポッドが投下される。

ポッドは芳佳の前数メートルの地面に突き刺さると、ガチャッと音を立てて、つぼみが開花するように開いた。

中から現れたのは、ストライカーユニットである。

「……震電《しんでん》！」

芳佳はゆっくりと歩き出すと、震電にそっと手を添《そ》えて、思いの丈《たけ》を告げた。

震電
私、帰りたいの
みんなのいる
あの場所に
だから、お願い
……もう一度

飛ばせて

芳佳の足は自然と震電に吸い込まれていた。

光の魔法陣《じん》が発生し、プロペラが回転し始める。

そして。

「発進！」

周囲の木々の枝を震《ふる》わせて、芳佳は飛び立った。

「芳佳ちゃ～ん！」

芳佳に向かって手を伸《の》ばしながら降下するリーネ。

だが、魚雷型が二人に向かって急接近し、ビームを浴びせようとする。

「間に合えっ！」

ペリーヌの正確な射撃が、芳佳たちを狙《ねら》うネウロイを吹き飛ばした。

その破片《はへん》がきらめくなか、芳佳とリーネは手をつないだ。

「お帰り、芳佳ちゃん！」

「ただいま、リーネちゃん！」

「……まったく!!　やっぱりムチャクチャな人ですわね」

ペリーヌもほっとひと安心の表情。

零観の坂本も、ふっと笑った。

手をつないだままのリーネと芳佳のところに、仲間のみんなが続々と集まってくる。

「芳佳が飛んでる〜」

「宮藤〜、なんで飛べるんだよ〜！」

ルッキーニとハルトマンがはしゃぐ。

「魔法力《まほう》、なくなったはずなのにな」

シャーリーは首を傾《かし》げた。

「分かりません」

芳佳自身、どうしてなのかさっぱり理解できていないのだ。

「でも、みんなの声が聞こえたら、胸の奥が熱くなって……私もあそこに行かなくちゃって思ったんです」

「……ふ」

バルクホルンがＭＧ42を一挺《いっちょう》、芳佳に手渡《てわた》した。

「宮藤、お前は守りたいんだろう？」

「はい」

芳佳は頷《うなず》いてから、ハッと思い出した。

「そうだ、静夏ちゃんは？」

『大丈夫《だいじようぶ》よ、芳佳ちゃん』

『こっちだ、こっち』

サーニャとエイラからの通信が入った。見上げると、二人に挟《はさ》まれた零観の主翼桁《しゆよくげた》に静夏が摑《つか》まっている様子が見える。

「宮藤少尉《しようい》……」

風に髪《かみ》をなびかせ、静夏はまぶしそうに芳佳を見つめた。

「静夏ちゃん、よかった……」

芳佳も静夏に向かって微笑《ほほえ》みを返す。

「はっはっはっはっはっは！」

豪快《ごうかい》に坂本が笑った。

「思った通りだな！　宮藤！　お前には空が一番似合う！　そこがお前のいるべき場所だ！」

「坂本さん……」

と、芳佳が呟《つぶや》いたところに、最後の二人、ハイデマリーとミーナが降下してきた。

「ミーナ中佐《ちゆうさ》！」

「待ってたわよ、宮藤さん。行ける？」

「はい！」

芳佳はためらうことなく頷いた。

ネウロイの母艦は地鳴りとともに地上を離れ、上昇《じょうしょう》し始めている。

生き残りの魚雷型ネウロイが、その母艦を守るようにリングを作る。

「うわ〜、でっか〜」

「あれが敵の本体か？」

ハルトマンとバルクホルンは母艦の大きさに目を見張った。

「総員、フォーメーション・ユリウス！　目標、前方の超《ちょう》大型ネウロイ！」

「了解《りょうかい》！」

ウィッチたちはミーナを中心に逆V字形の編隊を形成し、巨大《きょだい》な母艦ネウロイへと向かう。

そのウィッチたちに降りそそぐビーム。

編隊はシールドを張りつつ、ミーナを要《かなめ》にして扇形《おうぎがた》に展開した。

見事としか言いようのない連携攻撃《れんけいこうげき》が魚雷型を屠《ほふ》り、母艦ネウロイの装甲《そうこう》を削《けず》ってゆく。

先陣《せんじん》を切るミーナ。

肉薄《にくはく》するバルクホルン。

目にも留まらぬ音速のシャーリー。
華麗《かれい》かつ大胆《だいたん》なペリーヌ。
踊《おど》るように宙を舞《ま》うルッキーニ。
エースの余裕《よゆう》を見せるハルトマン。
すべてのビームを完全に見切るエイラ。
正確無比の射撃を見舞《みま》うリーネ。
沈着《ちんちゃく》冷静にトリガーを絞《しぼ》るハイデマリー。
ロケット弾の華《はな》を咲《さ》かせるサーニャ。
そしてもちろん、いつでも全力投球の芳佳。
これは、太古から幾度《いくど》となく繰《く》り返されてきた戦いのひとつ。
異形と、その脅威《きょうい》から人々を守る存在との戦いだった。
彼女たちは古代の英雄《えいゆう》であり、剣士《けんし》であり、騎士《きし》であり、陰陽師《おんみょうじ》。
対するネウロイは、オロチであり、ヒュドラであり、ドラゴン、土蜘蛛《つちぐも》でもあるのだ。
「あれが――」
零観上の静夏は息を呑《の》む。
「――伝説の501部隊」

「そうだ、あれがストライクウィッチーズだ！」

坂本が胸を張る。

「あの……なぜ宮藤少尉は飛べるようになったんですか？」

あまりにも常識はずれ。

あまりにも規格外。

静夏は思わず坂本に質問をぶつける。

「あれは宮藤だけの力じゃない。５０１の仲間の声が、宮藤を飛ばせたんだ」

細かい理屈《りくつ》はよく分からない。

だが、きっとそうだと坂本は確信する。

「仲間……」

静夏は考え込むように顔を伏《ふ》せた。

「私も――」

「ん？」

「私も、いつかあんなふうに飛べるでしょうか？」

「はははっ！」

根拠《こんきょ》はないが自信はある。

坂本は呵呵大笑《かかたいしょう》する。

「飛べるさ!」

次の瞬間《しゅんかん》、大型ネウロイに弾着《だんちゃく》があり、白煙《はくえん》が上がった。

(大和だ!)

静夏は振《ふ》り返った。

大和の砲撃《ほうげき》は小型ネウロイを蹴散《けち》らし、大型の装甲を抉《えぐ》っていった。

「コアが見えたわ! 総員、火力を集中!」

501は再び逆V字のフォーメーションを取る。

これに対し、生き残りの魚雷型《ぎょらい》も母艦《ぼかん》を守るように円錐《えんすい》形の陣形《じんけい》を形成し、ビームを発射した。

シールドでこれをしのぐ501。

「くっ! どうする、ミーナ!」

集中するビームに圧《お》されたバルクホルンが、指揮官を見る。

だが、ミーナの指示を待たずに芳佳が先行した。

「宮藤!?」

驚《おどろ》くバルクホルン。

「このまま行きます！」

芳佳は一際《ひときわ》大きなシールドを出した。

「各自、シールド展開！　宮藤少尉に続け！」

ミーナが命じる。

「了解！」

芳佳の巨大シールドに全員のシールドが重なって、円錐形になる。

その光の円錐を先頭に、５０１のウィッチたちは一体となって母艦を守るネウロイの群れに突《つ》っ込んだ。

その圧倒《あっとう》的な力の前に、ビームの雨は弾《はじ》かれ、魚雷型も砕《くだ》け散る。

「まさか!?」

こんな戦術は習ったこともなければ、文献《ぶんけん》で見たこともない。

驚きの連続に、静夏は凝視《ぎょうし》することしかできない。

「よく見ておけ！　あれがお前の目指すべき真のウィッチだ！」

坂本も心が躍《おど》る光景だ。

シールドの円錐は上方に回り込み、母艦を貫《つらぬ》く。

コアが弾け、母艦ネウロイは白熱化し、一瞬間を置いてから爆散した。

光の破片《はへん》が散り、その中からウィッチたちの無事な姿が現れる。

「宮藤少尉ーっ！」

「静夏ちゃん！」

零観を離《はな》れて上昇してきた静夏が、芳佳に抱《だ》きついた。

「少尉は要《い》らないよ、静夏ちゃん」

「はい、宮藤さん！」

まだまだ固いが、これが第一歩である。

「ミーナ中佐」

一同がミーナのまわりに集結すると、魔導針《まどう》を張ったハイデマリーが報告する。

「今、カールスラント国境付近に新たなネウロイの兆《きざ》しありとの報告を受信しました」

「聞いたわね、みんな。新たな脅威に対し、我々がなすべきことはただひとつ――」

ミーナは一同を見渡《みわた》し、力強く宣言した。

「ここに第501統合戦闘《せんとう》航空団、ストライクウィッチーズ再結成します！」

「了解！」

ストライカーユニット。

ネウロイに効果的な力とされる魔力を増大させ、その魔力による飛行を可能にした、新たな魔法のホウキ。

それを装備し、戦うため、強大な力を持つ魔女、ウィッチが世界各国から集められた。

対ネウロイ用に編制された精鋭《せいえい》部隊、連合軍第５０１統合戦闘航空団。

人々は彼らを、ストライクウィッチーズと呼んだ！

あとがき

お待たせしました～！

このところ、イギリスが舞台《ぶたい》のドタバタ・アクション（『アリス・イン・ゴシックランド』ね。まだ資料代のもとが取れてないんだよね、こっち……）を続けてきたんですけど、劇場版公開に合わせ、またまた『ストライクウィッチーズ』（こちら）の世界に戻《もど》ってまいりました～！

ま、いつものことながら、小説版もアニメスタッフ同様に超《ちょう》タイトなスケジュールだったけど。

で。

今回は我が心の故郷、ヴェネツィアが登場ですよ。

大鐘楼《しょうろう》に、ドゥカーレ宮、サンマルコ広場。

日系イタリア人（性格が）と言われ続けてきた筆者としては、この街を舞台に作品を書くのは、三作目（で、四冊目）なんですけどね。

しか～し！

『ストライクウィッチーズ 劇場版』、実は！

筆者の今回イチオシは赤ズボン隊ではなく、ハイデマリーである！（ここで何故《なぜ》か口調が変わる）

フェル隊長の◇☆♪（注・劇場版未見の兵たちのために、自主規制を行っております）になってのビロ～ンも魅力《みりょく》的だが、あのハイデマリーの巨○×△（自主規制その二）に敵《かな》うものが、この地上に、大空に存在するだろうか⁉

いや、ない！

あの美○×△女神シャーリー様でさえ、あれほどの爆○×△をお持ちではなかったではないか⁉

ビバ！　巨○×△！

ブラボー！　爆○×△！

歴戦の勇者たちよ！

あの超爆○×△が揺《ゆ》れるところを、大画面で堪能《たんのう》しようではないか！

もちろん。

貧○×△マニア、微○×△フェチの方々のためには、我等《われら》がサーニャやルッキーニがいるので、その点のフォローも申し分ないぞ！

ネウロイとの過酷《かこく》な戦闘《せんとう》が続く限り、総司令部（アニメスタッフ）は古参兵（きみたち）の熱い応援要請《おうえんようせい》（きたい）にきっと応《こた》えてくれるだろう！

同志よ！

これからも共に戦い続けようではないか！

ストライクウィッチーズ 劇場版《げきじょうばん》
還《かえ》りたい空《ばしょ》

原作	島田《しまだ》フミカネ＆Projekt《プロイエクト》 Kagonish《カーゴニッシュ》
著	南房秀久《なんぼうひでひさ》
	角川スニーカー文庫　17334
	2012年4月１日　初版発行 2012年4月30日　再版発行
発行者	井上伸一郎
発行所	株式会社角川書店 〒102-8078 東京都千代田区富士見2-13-3 電話・編集　03-3238-8694
発売元	株式会社角川グループパブリッシング 〒102-8177 東京都千代田区富士見2-13-3 電話・営業　03-3238-8521 http://www.kadokawa.co.jp
印刷所	株式会社暁印刷
製本所	株式会社ビルディング・ブックセンター

KADOKAWA SHOTEN, Printed in Japan　ISBN 978-4-04-100211-7　C0193

★ご意見、ご感想をお送りください★
〒102-8078 東京都千代田区富士見 2-13-3
角川書店　角川スニーカー文庫編集部気付
「南房秀久」先生
「島田フミカネ」先生 ／「飯沼俊規」先生

角川文庫発刊に際して

角川源義

第二次世界大戦の敗北は、軍事力の敗北であった以上に、私たちの若い文化力の敗退であった。私たちの文化が戦争に対して如何に無力であり、単なるあだ花に過ぎなかったかを、私たちは身を以て体験し痛感した。西洋近代文化の摂取にとって、明治以後八十年の歳月は決して短かすぎたとは言えない。にもかかわらず、近代文化の伝統を確立し、自由な批判と柔軟な良識に富む文化層として自らを形成することに私たちは失敗して来た。そしてこれは、各層への文化の普及滲透を任務とする出版人の責任でもあった。

一九四五年以来、私たちは再び振出しに戻り、第一歩から踏み出すことを余儀なくされた。これは大きな不幸ではあるが、反面、これまでの混沌・未熟・歪曲の中にあった我が国の文化に秩序と確たる基礎を齎らすためには絶好の機会でもある。角川書店は、このような祖国の文化的危機にあたり、微力をも顧みず再建の礎石たるべき抱負と決意とをもって出発したが、ここに創立以来の念願を果すべく角川文庫を発刊する。これまで刊行されたあらゆる全集叢書文庫類の長所と短所とを検討し、古今東西の不朽の典籍を、良心的編集のもとに、廉価に、そして書架にふさわしい美本として、多くのひとびとに提供しようとする。しかし私たちは徒らに百科全書的な知識のジレッタントを作ることを目的とせず、あくまで祖国の文化に秩序と再建への道を示し、この文庫を角川書店の栄ある事業として、今後永久に継続発展せしめ、学芸と教養との殿堂として大成せんことを期したい。多くの読書子の愛情ある忠言と支持とによって、この希望と抱負とを完遂せしめられんことを願う。

一九四九年五月三日